十五年目の復讐

浦 賀 和 宏

幻冬舎文庫

十五年目の復讐

目次

第一話　スミレ色の手紙

プロローグ

高校時代の同級生の亜美《あみ》に恋人を紹介されたのは、新しい年度が始まってまだ間もない、四月の最初の週だった。

虎ノ門の、亜美が予約したイタリアンの店で二人で食事をした。本当はその時点で恋人を紹介されるはずだったが、用事ができたため後から来ると言う。私は正直、亜美の恋人などに会いたくなかった。人見知りする方だし、亜美の話から察するに明るい人間のようだ。多分、苦手なタイプだろう。

食事の後、近くに知っているバーがあったので、そこに亜美と向かった。

「さすが人気作家はおしゃれなお店知ってるね！」

と亜美が感嘆したように言った。高層ビルの中にあるお店で、東京の夜景をバックに外国人のミュージシャンが演奏するジャズを聴けるのが売りだった。私だってこんな店をプライベートで知っているはずもなく、一度編集者に連れて来られただけなのだ。

私は決しておしゃれな女じゃない。亜美の方がよっぽどお化粧やファッションに気を使っている。その分、変な男に目を付けられるのでは？　と私は勝手な推測をした。そう、今から会う男のような。

「お待たせ！」

と亜美の彼氏が唐突に現れた。髪を茶色に染めて、ズボンにチェーンをぶら下げている。やっぱり苦手なタイプだ。こんなお店には場違いと思ったが、私のようなダサい女がそんなことを言う資格はこれっぽっちもなかった。

「健康の健と書いて、タケルっていうんだ。よろしく！」

と亜美の彼氏は、私に馴れ馴れしく握手を求めてきた。そして眼鏡の奥の私の瞳を、じっと見つめてきた。髪型が変だと言いたいのだろうか、それともコンタクトにしろとでも。とにかく自分の彼女がこんな垢抜《あかぬ》けない女と友達なのが不思議なのだろう。

タケルはやはり軽薄そうな男で、一緒にいてもあまり楽しくなかった。亜美は私とは違う世界の女なんだな、と思って切なくなった。

そんなことがあった数日後、読者からファンレターが届いた。私はいつものように、何の気なしにそれを読んだ。

手紙のある箇所に私の目は釘付けになった。

西野《にしの》冴子《さえこ》は男女のドロドロとした恋愛が売りの作家だから、読者から身の回りの恋愛相談を受けることが多い。もちろん私のようなダサい女が恋愛経験豊富な訳もなく、むしろそういう手紙を参考にして小説を書いているのだ。

その手紙は、隣人の南城萌《なんじょうもえ》という女性が死に、自殺で処理されたのだが、実は以前から彼女につきまとっていたストーカーに殺されたふしがある、というものだった。

ストーカーの名前はタケルと言った。髪を染め、ズボンにはチェーンを付けているという。

この時、私はまだ知らなかった。

タケルには、本命の彼女がいて、亜美は弄《もてあそ》ばれていることを。

その本命の彼女は白石唯《しらいしゆい》という名前で、二人は殺人鬼のカップルであることを、私は知らなかった。

1

その紫色の手紙には、パソコンのプリンタで、

『気をつけろ！　お前の夫は、会社の同僚と不倫をしている！』

とだけ印刷されている。

私はウェットスポンジで切手を濡《ぬ》らして、封筒に貼り付けた。舐《な》めて貼るのは年寄り臭いし、衛生的にどうかと思う。それに唾液に含まれたＤＮＡが、送り主は私だという証拠になるかもしれない。

ウェットスポンジ、それに紫色の便箋と封筒は、新宿の東急ハンズで買ってきた。何ヶ月も前にまとめ買いしたものだし、店内は毎日大勢の客で溢《あふ》れている。足はつかないだろう。

もちろん、そんなことに気をつけたところで、警察が本気を出せば、すぐに私が捜査線上に浮上するのは分かっている。印刷された文字のフォントやインクの成分から、プリンタの

機種を特定することは不可能ではない。便箋や封筒はじかに触らないように注意しているが、それでもうっかり触ってしまって、指紋の一部分でも残っていないとも限らない。

しかし、殺人事件のような重大事件に繋がる可能性があるならともかく、ただの嫌がらせの手紙を警察が科学捜査を駆使してまで調べるとは思えなかった。何百通も送りつければ別だろうが、私は一人一通というルールをちゃんと守っているのだ。

送る相手に、深い恨みがある訳ではない。ただ、何となく虫が好かないだけだ。葬式の時にしか会わないうるさい親戚。学生時代の同級生。勤めていた頃の同僚。嫌みな上司は言うまでもない。

この手紙は、たまたま入ったコンビニ宛だ。雑誌とペットボトルのお茶を買ったのだが、無愛想な中年の女性店員は、いらっしゃいませも、ありがとうございますも、そればかりか商品の合計金額すら言わなかった。だからこちらも無言で一万円を出したら、細かいのはないのか、と言わんばかりに乱暴にお釣りの千円札と小銭を突っ返してきた。

多分、安月給の夫が不倫でもしてイラついているのだろう、と私は勝手に想像した。

もちろん、ただの想像だ。イラついているのは、年下の店長にこき使われているせいかもしれないし、前の客が散々クレームを言ったせいかもしれない。はたまた生理のせいかもしれない。でも現実がどうであれ、関係ないのだ。私が想像した答えだけが、私にとっては真実なのだから。

　私はその女の名札の名前をすかさず記憶した。そしてインターネットで、店の正確な住所を調べた。手紙の宛先はそのコンビニ気付になっている。

　こんな手紙が店に直接送られることは普通ないだろう。店員たちは下世話な好奇心を持って、手紙の内容を知りたがるに違いない。そしてもし手紙の内容が店に漏れたら？　たちまち噂はバックヤードに広がり、あの女はコンビニに居られなくなるに違いない。

　もちろん、そうはならないかもしれない。こんな手紙、鼻で笑われてゴミ箱に突っ込まれてお終いという可能性も十分あるのだ。

　でも実際どうなるかなんて、知ったことじゃないのだ。

　こういう手紙を送れば胸がスッとする。重要なのはそれだけだ。

　インターネットで住所を調べるぐらいなら、ネットの掲示板やSNS等で誹謗中傷を拡散すればいい、などと人は言うかもしれないが、それは一番愚かな方法だ。ネットでは匿名などありえないのだから。

　指紋やプリンタインクの鑑定は滅多なことでは行われない。しかしネットの場合は他愛もない誹謗中傷でも、たちまち事件と見なされて警察のサイバー犯罪担当の部署が介入する。指紋やDNAに比べて、IPアドレスは簡単に特定できるということなのだろう。我々警察はネット時代の犯罪にも対処しているというアピールだ。

だからアナログな手紙であっても言葉には気をつける。どんなに腹が立っても、死ね、という文言に止《とど》め、決して、殺す、などという表現は使わない。万が一にも警察が動く可能性は、できる限り排除しなければならない。

その時、この部屋に近づいてくる誰かの足音が聞こえた。

ここに来るのは、最近めっきり夫婦の関係がなくなった夫しかいない。不定期な仕事だからタイミングが合わないし、機会があったとしても何だか血や薬の匂《にお》いがするような気がして、抱かれるのが嫌なのだ。医師の仕事は安定していると言うが、もっと普通の仕事をしている男と結婚すればよかったと思う。

荷物が来る予定ではないから宅配便でもないだろう。私は足音に耳を澄ませた。すると案の定足音は私の部屋の前を通り過ぎた。

そして隣の部屋で止まった。

隣の部屋のドアが開く。住人の女が満面の笑みで顔を出す。吸い込まれるように男は部屋の中に入り込む。上着も脱がずに男は女を抱きしめ、彼女もそれに応えるように激しく唇を吸う。壁一枚隔てた向こうから聞こえる物音で、私はそんな光景を脳裏に思い浮かべる。

もちろん、それから始まる情事の光景も。

女もここがマンションの一室であることを分かっているから、必死に声を押し殺している。それが余計に卑猥《ひわい》さを強調させている。私も知らず知らずのうちに声を潜める。そうしなければ、私の呼吸も向こうに伝わってしまうと思った。

私も自分で自分の身体をまさぐる。

やがて静寂の後、二人の気だるい話し声が聞こえてくる。会話の内容までは分からない。だからこそ私は想像力を駆使する。相手の男が、どんな仕事をしていて、どんな性格で、どんなふうに彼女を抱くのかと。

顔は知っている。

以前、一度だけ、彼女の部屋から出てくる男の姿を見かけたのだった。ジーンズに革ジャンというラフな格好だったけれど、その横顔はとても美しかった。

隣の部屋の住人がどんな女なのかも分かっている。会えば会釈をする程度の関係だが、彼女が駅前の書店に勤めていると知って肝《きも》を冷やした。

その書店で一度だけ本を買ったことがあるのだ。私の好きな西野冴子の最新作だった。ジャンルとしては広い意味での推理小説なのだろうが、男女のドロドロした駆け引きを描いていて、特に女性に人気があった。

私は自分が西野冴子の愛読者であることを友人知人に隠している。そんな俗っぽい小説が好きだなんて恥ずかしいし、そもそも嫌がらせの手紙を送るようになったのも、西野冴子の『スミレ色の手紙』という短編小説に影響されたからなのだ。高貴な紫色の手紙で、匿名による中傷を行うという皮肉が作品のテーマだった。

隣人は、大したことのない容貌の女だ。書店に勤めているぐらいなのだから、文科系なのだろう。学生時代を顧みても本ばかり読んでいる女は大抵、地味で、伸ばし放題の髪を無造作にまとめ、眼鏡だ。まさにそれが当てはまるような女。

その女が、なぜ、あんな綺麗な顔の男と付き合っているのだろう？

今から、夕食の買い物ついでにこのコンビニ宛の手紙を投函しに行こうと思ったのだが、隣人の情事に水を差された。おかげで頭の中で築いていた、夕食までの完璧なタイムテーブルが崩れてしまった。

もちろん買い物には行かなければならないが、今外に出たら、出くわさないまでもドアを開ける音が隣室に聞こえるだろう。情事を盗み聞きしていたことがバレてはたまらない。

文科系の地味女の分際で、生意気にあんな男とヤッているせいだ。

私は、また新しい手紙を作ることにした。

パソコンのワープロソフトの新規文書作成画面を開き、少し考えてから、キーボードの上で指先を躍らす。

『私はあの人の妻です。

あの人があなたと関係を持っていることは分かっています。

今すぐあの人と別れなさい！

それが嫌なら死ね！』


私は一人ほくそ笑んだ。

このスミレ色の手紙を受け取った隣の女の慌てふためく顔が目に浮かぶようだ。

あの男が妻帯者である保証はない。だがどうでもいい。妻帯者なら妻の復讐を恐れるだろうし、妻帯者でないのなら修羅場になるだろう。

私は、女の押し殺した喘《あえ》ぎではなく、二人の口論を聞くのだ。

——あなた結婚してないって言ったじゃない！

——それは本当だ。嘘じゃない！

——じゃあ、この手紙は何なのよ！　奥さんからじゃないの⁉

きっと大声で怒鳴りあうから、何を言っているかは鮮明に聞こえるに違いない。

私は、その日が待ち遠しかった。

隣の部屋に直接郵送するのは抵抗があった。部屋を知っている者は限定されるだろう。疑いの目がこちらに向けられるのは、可能な限り避けなければならない。

勤め先の書店に送ることにした。これならば容疑者の範囲は広くなるはずだ。仮にあのコンビニの店員が隣に住んでいたとしたって、やはり私はコンビニ宛に手紙を送っただろう。

最近はモンスターカスタマーという店に横暴を働く客が問題となっている。あの書店だって、その手の客はいるだろう。この手紙を受け取った隣人は、逆恨みした客からのデタラメの手紙と思うだろうか。今回ばかりは、そう思われたくはないな、と私は思った。

本気にして欲しかった。そしてあの男と別れて欲しかった。私は彼に抱かれる自分を想像し、また自分で自分の身体をまさぐる。

2

手紙を投函して、数日間は何事もなかった。無視されたかもしれないし、本気にしたとしても喧嘩《けんか》になるのは次にあの男が隣の部屋に来た時だろう、と私は焦りはしなかった。

正直言って、嫌がらせの手紙を作ってポストに投函した時点で、もう気持ちが晴れていることが多いのだ。もちろん今回は、相手が隣人という極めて身近な人間であることもあって、少しだけ動向が気になっていた。

　でもそれだけだ。私は主婦で、毎日家事をしなければならないのだ。終始、隣人の反応を窺っている訳にはいかない。

　そんなある日、また部屋に近づく足音が聞こえた。その時ばかりは私も息を呑《の》んだ。足音は複数で、しかも少し早足だったからだ。

　友人の住まいに皆で押し掛ける、といったのどかな雰囲気ではない。私の脳裏に、よくニュース映像で見る光景が浮かんだ。警察だか検察だか知らないけれど、スーツを着た男たちが段ボール箱を持って容疑者の家から出てくる光景。

　足音が自分の部屋の前で止まり、インターホンが鳴るのを覚悟した。あんなことで警察は捜査しないだろう、と高をくっていても、もしかしたらという不安はやはりあった。

　しかし、足音はあの時のように、私の部屋の前を通り過ぎて行った。

　そして、隣の部屋の前で止まった。

　私は思わず玄関先にまで出て、ドアスコープから外を覗いた。もちろん、そんなことをしても私の部屋の前にいる訳ではなし、誰も見えなかった。

　耳を澄ませた。複数の人間の声が聞こえる。二人の男が話し合っている。合間に女の声も聞こえる。一人の男の声には聞き覚えがある。このマンションの管理人だ。そして隣の部屋のインターホンが鳴る気配。誰かが押したのだろう。しばしの静寂。そしてまた話し声。隣の書店員が、何かやったのだろうか？

私は思わずドアを開けた。

そこにいた三人が、一斉にこちらを見た。一人はやはり管理人で、後の二人は、ちゃんとした身なりをした男女だった。女は隣の書店員と同年代のようだったが、男は一回りほど年上だった。

「どうしたんですか？」

私はできるだけ不機嫌な表情で、彼らに訊《き》いた。隣の女になんか興味はないけれど、うるさいのは勘弁、というアピールのつもりだった。

「お騒がせして申し訳ありません。最近、南城さん見かけましたか？」

南城というのが、隣の書店員の名前だ。

「知らないわ」

私は言った。そう言えば最近見ないし、隣の部屋から特に物音も聞こえない。でも気にもしなかった。私が隣人の動向に注意を払うのは、男を連れ込んだ時だけだ。

「あ、こちら南城さんのお勤め先の方です」

と管理人が言うと、二人の男女は頭を下げた。同僚と上司といったところか。

「私、南城と同じ職場の者ですが、最近、無断欠勤が続いてるんです。何か変わった様子はありませんでしたか？」

と上司らしき男が私に訊いた。私は、

「変わった様子って言われてもねえ」

と、とぼけた。例の男のことを教えたら、隣人の男関係を詮索していると思われそうで、言わない方がいいと思った。

「彼女は勤務態度も真面目で無断欠勤などありえないんです」

どうでもいいことだった。私には関係ないと、そのままドアを閉めてしまえばよかったかもしれない。しかし、あの手紙のこともあるし、私も事態を見守りたい気持ちになっていた。

「開けてみればいいじゃない。そのために管理人さんを呼んだんでしょう？」

と私は隣の部屋のドアを顎《あご》でしゃくった。

「まあ、そうなんですけどね。何もなかった場合、勝手に部屋に入ったと訴えられる場合もあるんでね」

「何もない訳ありません！　一週間も欠勤してるんですよ？　ご実家に連絡しても心当たり

がないって言うし」

と同僚らしき女がヒステリックに怒鳴った。

分かりました、分かりましたと、管理人が合い鍵を隣の部屋のドアに差し込んだ。

私も思わずサンダルを突っかけて廊下に出た。ゴシップ好きの近隣住民女と思われるだろうが、構うものか。

嫌な予感がした。それは彼女にあんな手紙を送った私だけが感じられる予兆だった。

ドアを開けた瞬間、管理人が、うわっ、と声を上げ、同僚らしき女は絶叫した。上司らしき男は絶句していた。皆、室内に目が釘付けになり、横にいる私のことなど意識の埒外《らちがい》にあるといったふうだった。私は少し背伸びをし、三人の後ろから室内を覗き込んだ。そして私も同じようになった。

南城が、私が嫌がらせの手紙を送った書店員の女が、天井からぶらさがって、ゆっくり、静かに、揺れていた。

すぐに警察がやってきて、マンション内は騒然とした空気になった。このマンションで警察沙汰が起きたのは、私が知る限り初めてだ。

私も発見者グループの一人ということで事情を訊かれた。もっとも形式的なもので、警察は、廊下がうるさいから顔を出したら死体発見現場に出くわした、という私の話を疑いもしなかった。嘘をついている訳ではないから、疑いも何もないのだが。

むしろ、執拗に話を聞かれているのは、上司と同僚の男女だった。このマンションに来た経緯や、職場で変わった様子がなかったのかをつぶさに訊かれていた。答えているのは上司の男が主で、同僚の女はやはりショックだったのか、ほとんど何も喋らなかった。

あの男のことを話した方がいいのかも、と私は思った。あの男がこの部屋を頻繁に訪れていたことを私は知っている。それを隠していたら、後々問題になるかもしれない。

だが、バカ正直に本当のことを話し、そこまで隣人を意識していたのか、と余計な疑いをかけられたら面白くない。なし崩し的に、私があんな嫌がらせの手紙を送ったこともバレてしまうかもしれない。

そうだ、あの手紙は。

「南城さんを恨んでいる方に心当たりはありませんか？」

と刑事は訊いた。

私は首を横に振る。

「知りませんよ、そんな人。南城さんとは、たまに会って挨拶《あいさつ》する程度だったんですから」

女の同僚が、私の方を見た。隣人なのに、異変に気付かなかったんですか、と責めんばかりの視線だった。

刑事は二人にも同じ質問をした。二人は当然のように、知らない、と答えていた。

「しつこいようですが、本当ですか？　職場の人間関係で悩んでいたとか」

「だから知りませんよ。何なんですか？」

さすがに気分を害したように、上司が言った。だが刑事は追及の手を緩めなかった。

「南城さんが、妻子ある男性とお付き合いしていたことをご存じありませんか？」

「それはどういうことです？」

「いえ、別にあなたのことを言っているんじゃないですよ」

「私は独身です！　どういうことですか？　南城さん、不倫していたってことですか？　でも何で急にそんなことを？」

「実は、遺体の側に遺書のようなものが落ちていまして。しかしどうやら遺書ではなく、南城さん宛に送られた手紙のようなんです。手紙の内容は、南城さんの不倫を糾弾するものでした。詳しい検視の結果を待たなければなりませんが、ドアには鍵がかかっていたし、十中八九自殺で間違いないでしょう。ただ念のため、お話だけでも聞いておきたいと」

大丈夫、私はそう自分に言い聞かす。自殺と分かっている以上、動機などを執拗に追及したりはしないはずだ。

死ねと言われて死ぬ方が悪いのだ。私のせいじゃない。

その日の夜、私は残っていた紫色の便箋と封筒をすべて、ハサミで細かく切り刻んでトイレに流した。

その後、警察は捜査を打ち切ったようだった。私の元に、再び刑事が話を聞きに来ることもなかった。隣人の書店員、南城萌は自殺をした。それ以上でもそれ以下でもない。

南城萌の両親が娘の遺体を引き取って田舎に帰った後、隣室は空き部屋となった。事故物件だから、当分借り手は現れないだろう。いや、その分家賃が安くなるから、もしかしたらすぐに埋まるかもしれない。

できれば早く新しい住人が来て欲しい、と私は思った。会話を盗み聞きする隣人がいない生活は退屈だ。

だが、それから暫くして私の前に現れたのは、新しい隣人ではなく、すべてのきっかけとなったあの人物だった。

3

足音が聞こえた。

私は耳を澄ませる。足音は、私の部屋の前を通り過ぎる。

そしてかつて南城萌が住んでいた部屋の前で止まった。

隣室のインターホンが鳴る。当然、ドアは開かない。南城萌が死んだことを知らないのだ。

きっと宅配便か何かだろう。しかし死んだ人間に荷物を送る人間がいるだろうか。

私は、これで少しは退屈がしのげるかもしれないと思って、ドアを開けた。

そして息を呑んだ。

会いたかった、あの男が目の前に立っていたからだ。この部屋に来て、南城萌との情事にふけっていた恋人の男。いや——。

男？

私は外に顔を出してすぐに、南城さん、亡くなりましたよ、と言ってやろうと思っていた。

そしてその言葉に衝撃を受ける訪問者の顔を見て楽しもうと考えたのだ。

でも、衝撃を受けたのは私の方だった。

「南城さん、いらっしゃいませんか？」

と柔らかな高い声で、訪問者は訊いてきた。

私は訪問者のあまりにも意外な正体に絶句し、すぐに声を出せなかった。それでも無言で直視するのは不自然だと思って、何とか言葉を発した。

「南城さんは、亡くなりましたよ」

「え？」

訪問者は、そんな声を発した。南城にあんな声を出させるほどの情事をしていたくせに、彼女が死んだことを知らなかったのか。

二人の関係は彼女らだけの秘密だったのだろう。だから南城の死を知ることができなかったのだ。普通だったら、やはり不倫だったのか、と得心するところだ。しかし二人は不倫よりも、もっと秘密の関係であることに私は気付いた。

「亡くなったって、どうして？」

「自殺されたそうですよ」

普通だったら遠慮がちに言うことだろうが、今は淀《よど》みなくその言葉が出てしまう。

「自殺？　どうして？」

「さあ、私には」

あなたの方が親しいんだから心当たりがあるでしょう、という意味を言外に込めた。あの手紙のせいで自殺したのかもしれないが、もちろんそれを言う訳にはいかない。

訪問者は、

「表札に名前がないから、引っ越したのかと思った」

と一人つぶやくように言った。

「お葬式は？」

「ご両親がご遺体を引き取ったから、実家の方でやられたんじゃないですか？」

そうですか、とつぶやいて訪問者は沈黙した。悔しそうに唇を噛みしめていた。今日を最後に、南城萌の恋人がこのマンションを訪れることはないんだな、とぼんやり思った。このままドアを閉めてもよかった。むしろ、そうする方が自然だろう。でもそんなことをしたら、もう二度とこの人物に会うことができないのだ。

「あの」

と私は言った。それで我に返ったように訪問者はこちらを向いた。

私は廊下に出た。こうして面と向かって直視すると、ちらりと見かけただけで美しい顔と思った私の判断は、やはり間違っていなかった、と思った。

「こんなこと言っていいのか分かりませんが」

と、本当は今すぐにでも言いたいにもかかわらず、勿体ぶって言った。

「実は私、発見者の一人なんです」

「本当ですか？」

「ええ。しばらくお勤め先の書店を無断欠勤していたらしくて、お店の人たちが管理人さんところで話していたんです。それで、今みたいにどうしたのかな、って顔を出したら」

「南城さんを見つけたんですか？」

「はい。私も警察の事情聴取を受けました。便宜的なものでしたけど。あの、差し出がましいようですが、南城さんのお知り合いなら、警察に行かれてはいかがですか？　警察はこういった事件を深く捜査しないようですけど、南城さんがああなった原因が分かれば、少しは南城さんのご両親の心の慰めになるかと思います」

私はそう、歯の浮くような台詞《せりふ》を吐いた。本当は、少しでも長くこの訪問者と話をしたいだけだった。

「でも、警察ってどちらに出向けばいいんでしょう？」

「あ、ちょっと待ってください」

そう言って私は部屋の中に引っ込んだ。事情聴取を受けた刑事から、何か思い出したらこちらへ、と連絡先を受け取っていたからだ。捜査本部に直接繋がるホットライン、なんてものではなく単なる相談窓口だろうが。

私はその旨を訪問者に伝えてから、メモ用紙に書いた警察署の電話番号を渡した。

これで終わりにはしたくないと思った。

私は訪問者を見つめた。その視線の中にある名残《なごり》惜しさが彼女に伝わったのか、

「あの、申し訳ないのですが」

と彼女は言った。

「南城さんを発見されたんですよね？　その時の話を聞かせてもらうことはできませんか？」

南城の部屋で情事をしていた。それだけで私は、訪問者が男性と錯覚していた。耳を澄ませば、話の内容は聞こえなくても声で女性と分かっただろうが、先入観が邪魔をしていた。

それに加えて格好だ。

ベリーショートの女性は別に珍しくない。ジーンズを穿《は》いている女性も珍しくない。革ジャンを羽織っている女性だって。でもその三つがそろっている人物を遠目に見たら、男性と勘違いしても仕方がない。

元から南城の訪問者に興味を抱いていた上、それが女性だったことから、彼女をもっと知りたいという好奇心は抑えようがなかった。

私は彼女を近所のファミレスに連れて行った。近所の主婦たちがたむろするような店だ。見られたら後でなにか訊かれるかもしれないが構わない。むしろ、マンション内は南城の自殺の噂で持ちきりなので、その事件の関係者と一緒にお茶をしているのは誇らしかった。

しかもこんな美しい女性と。

彼女は特別な関係にあった南城が死んだのに、大げさに嗚咽《おえつ》したり、ハンカチに顔を埋《うず》めたりすることなく、目元を指で拭った以外はいたって冷静だった。しかしさすがに、遺体の発見の様子を詳しく話すと、表情が青ざめていった。私もあの時の様子を言葉にして人に話すと、より記憶が鮮明になる気がして、あまりいい気分ではなかった。

彼女は白石唯という名前で、南城とは宝塚のファンサイトで知り合ったという。

「休みの日はよく彼女の部屋で、一緒にアイス食べながら、公演のビデオを観たり、寺田瀧《てらだたき》雄《お》のCD聴いたりしていたんです」

「てらだたきお？」

「知りません？　宝塚の音楽を手がけている天才作曲家ですよ」

ビデオというのはDVDのことかと思ったが、文字通りビデオテープのことらしい。DVDになっていないソフトが沢山《たくさん》あるので、ビデオデッキが捨てられないと言う。

私は彼女の話に相槌《あいづち》を打ちながら、このコーヒーカップを持つ細い指が、南城にあんな声を上げさせたのだろうか、と考える。

もしかしたら白石の声だったのかもしれない。

「遺書はなかったんですか？」

と彼女は訊いた。その言葉で、私はあの刑事とのやりとりを思い出した。

おそらく、白石は南城の職場にも出向き、発見の現場に出くわしたあの二人にも話を聞くだろう。手紙のことはいずれ白石に発覚する。もし今、後ろめたさから言わなかったら、後でなぜ初めて会った時に黙っていたのか、と追及される恐れがある。

「遺書はなかったんですが、なんて言うか、南城さんの不倫を糾弾するような手紙が残されていたそうです」

「不倫？」

「はい。手紙そのものは、私は読んでいないんですけど、刑事さんがそう言っていました」

白石は少しうつむいて、コーヒーカップを見つめた。彼女は独身だろうか。もし夫がいたとしたら、相手が女性だとしても不倫関係、ということになるかもしれない。

「自殺であることは間違いないんですか？」

「首を吊《つ》っているんだから、事故ではないと思いますよ」

「それはそうですけど、自殺に見せかけた殺人とか」

そんなことはまったく考えていなかったので、私は少し驚いてしまった。

「現場は中から鍵がかかっていましたよ。そりゃ合い鍵をつくれば、意味はないかもしれませんが、でも警察は南城さんの事件にかんしては、捜査をしていないって話です。私だって、遺体を発見した時に一度事情聴取を受けて、それっきりです。もし殺人の疑いが少しでもあるのなら、そんな程度じゃ済まないでしょう。隣の部屋だし、第一発見者なんだから、もっと何度も話を聞かれると思います」

もし南城が殺されたのなら、私はあの手紙を送った罪悪感に苦しまずに済む。しかし手紙は科学捜査の対象になるだろう。うっかりつけた指紋や、プリンタのインクから、差出人は私であると、たちどころに判明するに違いない。

そうしたら今まで送った嫌がらせの手紙も、私の手によるものだと分かってしまう。噂好きの住人が集まるこのマンションで、白い目で見られるだろう。そんな事態は絶対に避けなければならない。

「じゃあ、その手紙を受け取ったショックで萌は自ら命を絶ったと？」

はい、とはとても言えなかった。その私の様子を、白石は友人を亡くした自分に同情しているのと勝手に解釈したのか、

「絶対に信じたくないです。私に相談してくれずに、命を絶つなんて」

などと言った。確かに、一理あった。彼女たちは普通の友達同士の間柄ではないのだ。

その時、私は初めて思った。南城が自殺したのは間違いないと思う。でも、あんな嫌がらせの手紙を受け取ったぐらいで、果たして自ら命を絶つだろうか？

手紙は確かにきっかけだったかもしれない。しかしそれ以外にも自殺に結びつくような何かが彼女にあった、そうとしか考えられない。

南城と白石は同性愛の関係だ。近年は自由に恋愛ができる時代といっても、まだ保守的な人間は多い。白石との関係に悩んでいたとも考えられる。

それを白石に問い質《ただ》すことはもちろんできなかった。隣の部屋に耳を澄ませていたことが分かってしまう。

私は白石を見つめた。その白い肌に舌を這《は》わせるように視線を移動した。南城はこの肌の虜になり、死んだのだ、と思った。

「手紙には、不倫、とあったんですね？」

「刑事さんはそう言っていました」

私が思いつきで書いた、何の意味もない手紙の文面を、真剣に考えているとしたら可哀想だな、と思った。

「誰だろう。萌は独身だし、あいつも」

と白石はつぶやいた。心当たりがあるのだろうか。

あなたはどうなんですか？　と思わず余計なことを訊きそうになり、慌てて口をつぐんだ。

「あいつって誰のことですか？」

「実は、萌、男につきまとわれていたんです。ストーカーって言うか。私も萌から相談を受けていて」

「じゃあ、その手紙はストーカーが送ったものだと？」

白石は頷《うなず》いた。

「多分。あいつ以外に考えられないですから」

「そう」

とだけ私は言ったが、内心は安堵していた。これで嫌がらせの手紙を送った罪を、そのストーカーに擦《なす》り付けられる。

「ひょっとして、南城さんのことを自殺に見せかけた殺人、と言われたのはそのストーカーのことがあるからですか？」

「はい。手紙で脅して、最後には殺してしまったのではないかと」

どうやら南城は、ある種のトラブルを抱えていたようだった。それが自殺の要因となっているのは間違いないだろう。

白石は南城の自殺を信じたくないあまりに殺されたなどと言っているが、やはり現実的ではない。いくらなんでも殺人の死体と自殺の死体の区別ぐらいつくはずだ。だから警察は捜査をしていないのだ。

私はその旨を、かなり具体的な事例をあげて、白石に告げた。彼女は神妙な面もちで聞いていた。

「つまり、萌の自殺は覆らないってことですね」

「もちろん万が一ってことはあるけど、絞殺死体を首吊りに見せかけるのは、なかなか難しいと思う。南城さんがあなたに黙ってあんなことをしたのはショックかもしれないけど、もう自殺ってことは決定でしょう」

白石は唇を噛みしめ、静かに一筋涙を流した。それが南城の自殺を知った彼女が私に見せた、最大の感情の起伏だった。

「そのストーカーは、どうして南城さんにつきまとうようになったんですか？」

「元彼だと言っていました。萌の方から振ったんですけど、向こうは未練があるみたいで」

よくある話だ。

「どうして南城さんは、彼を振ったんですか？」

「それが二股かけていたんですって。最低でしょう？」

南城は白石を新しい恋人として認識していたのだろうか、と考える。

「白石さんは、その彼と会ったことがあるんですか？」

「一度だけです。待ち伏せされて」

「あのマンションの部屋でですか？」

別れ話のもつれなら、かなり言い争いになっただろう。そんな口論は、私は聞いていない。

「いいえ、日比谷で」

「日比谷？」

「はい。宝塚の劇場の前で。毎週通っているから行動パターン読まれていたみたいで。彼がマンションに来ることはなかったようです。会うのはいつもホテルか、彼の部屋で」

まあ、そうだろう。最近、南城の部屋にやってきたのは、白石だけだ。他の人間と会う時は、南城の方から出向いたのだろう。

「確かにそんなことがあった時に、南城さんが亡くなったら、関連性があると思うのも仕方がないかもしれませんね」

しかし、これが明白な殺人ならともかく、自殺なのだ。

「その脅迫状は、間違いなくあいつが送ったものです」

と白石は断言した。そう思うなら、思わせておけばいい。その男は送っていないと言うだろうが、ストーカーの言うことなど誰も信用しないはずだ。

「これから、どうされるおつもりですか？」

と私は訊いた。そんな抽象的な質問をしたのは、南城が死んだ今、白石は次のパートナーをどう見つけるのだろうか、ということが頭にあったからだ。

隣の部屋から漏れてくる声を聞きながら、私は自分の身体をまさぐった。あの時の身体のほてりは、今も余韻のように脳裏に刻まれている。

「ストーカーを見つけます」

と白石は答えた。

「名前と顔しか知らないけど、つきまとっていたなら、萌の知人に訊けばすぐに分かると思います」

「見つけてどうするんです？」

「あなたのせいで萌は自殺したと、糾弾します。それくらいしか私にはできませんから」

ストーカーをするような男だ。むしろ南城が死んで喜んでいるだろう、と思ったが、そうすることしかできない白石の気持ちはよく分かった。

「名前は？」

「タケル、と萌は呼んでいました。それ以外は何も」

ありふれた名前だ。何の心当たりもない。

「写真か何かないんですか？　もし南城さんの部屋に、そのタケルが来ることがあったらお知らせしましょうか？」

「ありがとうございます。そうしていただけると助かります。でも私も日比谷で一度会ったきりだから、写真まではないんです」

「そうですか。じゃあ、見た目は？」

　白石は思い出すような素振りを見せながら、タケルの印象を私に語った。茶色い髪に、チェーンをじゃらじゃらとズボンに付けた、勤め人とは思えない格好だったという。確かにプライベートでどんな服装をしても自由かもしれないが、髪の色となるとそうはいかない。

　私は書店員の南城がそんな男と交際していたことが意外だったが、偏見だと思って黙っていた。

「タケルは南城さんが亡くなられたことを知っているんでしょうか？」

　その私の質問に、白石は、

「知らないと思います。言うまでもありませんけど、できるだけもう会わないようにしていたから、接点もなかったですし」

　と答えた。

　そして付け加えるように、

「それに、私だって知らなかったから」

　と言った。

4

果たして白石はタケルを見つけられるか、私はずっと気になっていた。

正直、南城のことは今となってはどうでもよかった。私の手紙が自殺の後押しをしたとしても、ストーカーで悩んでいなかったら自殺などしなかったはずだ。南城はタケルのせいで死んだのだ。私のせいじゃない。

私が気にしていたのは、白石のことだった。

白石は、タケルにかんして何か進展があったら私に教えてくれると言った。つまりまた白石と会えるということだ。

私は、南城が惹《ひ》かれた白石の秘密を知るまで、彼女とは縁を切りたくないと思っていた。

頭の中では、隣の部屋から聞こえたあの押し殺した声が、四六時中響いていた。

そして、その機会はほどなく訪れた。白石ではなく、私がタケルを見つけたからだ。

隣が空き部屋になっても、長年の習慣で身についた、周囲の物音に耳を澄ます癖は直らなかった。

その日も、この部屋に近づいてくる足音が聞こえた。

そしてここを通り過ぎ、隣の部屋の前で止まった。

インターホンが鳴る音。一瞬、白石かと思ったが、すぐに否定する。前回来た時に南城が自殺したことを知った白石が、再び隣室のインターホンを鳴らす理由はないのだ。

南城の知人で、彼女が自殺したことを知らない人間。すぐにタケルが頭に浮かんだ。

私は慌てて玄関のドアに飛びついた。そして、そんな様子を微塵も見せずに、ゆっくりとドアを開けた。

かつて南城が住んでいた部屋の前に立っている男が訝《いぶか》しげにこちらを見た。何でそんな目で見られるのか分からなかった。怪しいのは、どう考えてもそっちの方だ。

茶色い髪に、ズボンにはチェーン。間違いなかった。

「南城さん、いませんよ」

と私は言った。

「どうして？」

と馴れ馴れしく男は言った。

「あなた、タケルさんですか？　下の名前しか分からないもので」

「萌が俺のこと、言ってた？」

私が彼の名前を知っていても、タケルは不審がる様子を微塵も見せなかった。

「萌さんじゃなく、白石さんに聞いたんです」

「ああ、あの女と一緒にいるのか」

「違います。南城さんは、亡くなったんです」

と私は言った。

「え？　何？　冗談？」

私は無言でタケルを見つめた。彼の表情が、だんだん曇ってゆく。

「何で？」

「自殺です」

あなたのせいで自殺したんです、と言ってやりたかったが、初対面の男にそこまで言う勇気はなかった。

タケルが何かを言うのを待った。だがタケルは何も言わず、私と南城が住んでいた部屋のドアを交互に見返した後、無言で、まるで逃げるようにその場を立ち去っていった。

今になって、やっと罪悪感が疼《うず》いたのだろうか。

その日の夜、白石から電話がかかってきた。タケルがやってきたと言うと、やっぱり、と白石は言った。

『日比谷の劇場の前で待っていたんです。公演を観ない日も、毎日。あ、もちろん本当は毎日観たいんですよ。でもお金に限りがあるからセーブしているんです。そうしたら案の定、現れました』

私は白石に話の続きを促した。

『私、萌が自殺したこと言ってやろうと思ったんだけど、でもそうしたら多分、あいつはそれっきり萌のことを忘れてしまうような気がして』

「まあ、そうでしょうね。ストーカーなんてそんなものよ」

『だから私、そちらのマンションの萌の部屋を教えてしまったんです。そこで萌が待っているって』

「どうして、そんな嘘を？」

白石は暫く黙って、

『嘘を言ったつもりはないです』

と答えた。

『きっと、萌の幽霊がその部屋であいつを待っていると思いますから』

「ああ、そうね」

とだけ私は言った。タケルは部屋の中に入らなかったから祟《たた》られることはないだろう、と思ったが言わなかった。幽霊の話なんかしても仕方がない。

ただ、そこまでして白石がタケルを恨んでいるのはよく分かった。法的に罰せられないのであれば、少しくらい後ろめたい気持ちにさせたいと思う気持ちも。

私も、もう少しタケルに南城が自殺した詳細を言ってやればよかった、と少し後悔した。

それですべては終わった。そう、終わったはずだったのだ。

だが一週間ほどして、またタケルがこのマンションを訪れた。

廊下の足音が私の部屋の前で止まった時、おかしいと思ったのだ。でも、私はもしかしたら白石が訪ねて来たのかと思い、不用心にドアを開けてしまった。

「こんちは」

嫌らしい顔をしたタケルが、そこにいた。ドアにチェーンがかかっていてよかったと心底思った。

「何の用ですか？」

「あの。あなた、白石って女とどういう知り合い？」

「南城さんが自殺したことを知らないで隣の部屋を訪ねて来たんで、教えてあげたんですよ。あなたと同じです」

「でも、俺の名前知っていたよね？」

「だから、白石さんに聞いたんです。南城さん、あなたに悩まされていたって。大方、そのせいでノイローゼになって自殺してしまったんじゃないですか？」

あまり直接的なことは言わない方がいいと思ったのだが、いきなり押し掛けられた理不尽さと恐怖で、思わず強い口調で言ってしまった。

「その白石って女の連絡先を知りたいんだけど」

「知りません！」

こんな男に白石の個人情報を教える訳にはいかない。私は勢いよくドアを閉めた。

その日を境に、私はタケルを恐れるようになった。彼はストーカーだ。別にストーカーの精神構造が他の人間と大きく異なる、などと言うつもりはない。だが、やはり警戒するに越したことはないはずだ。

私はタケルという名前を知っていた。白石とも知人の間柄になった。南城の隣人だったから、当然彼女とも親しかった、とタケルが考えるのは自然だ。

今度は私が狙われる。

考え過ぎかもしれない。だが白石は日比谷の劇場でタケルと会ったという。つまりタケルは白石の住まいを知らないのだ。

一方、私は彼に住まいを知られてしまった。住所を知られるリスクは、私が一番よく知っている。直接押し掛けることも、嫌がらせの手紙を送ることだって、できるのだ。

私は白石に電話をした。そしてタケルが再びやってきて彼女の連絡先を知りたがったけど、教えなかった、と伝えた。

『ごめんなさい。不用心に萌のマンションの部屋を教えてしまって』

と白石は言った。

「私はいいんだけど、今度はあの人、あなたを付け狙おうとしてるんじゃないかな」

本当は全然よくなかったが、嫌われたくなかったのでそう言った。

白石は魅力的だ。南城亡き今、タケルがストーカーのターゲットを白石に変更しても不思議ではない。もちろんそれは気がかりだが、白石の連絡先を知るために、私がタケルにつきまとわれるのはもっとゴメンだ。

『あの男には私から言っておきます。もうあなたにつきまとわないようにって』

「そんなに簡単に会えるの？」

『また日比谷の劇場前で待ち伏せます。向こうも、私が宝塚を好きなことを知っているだろうから』

「私も行きましょうか？」

そう言ったのは、当然、白石と会いたかったからだ。それに宝塚にも興味があった。

『いいえ、止《や》めた方がいいですよ。もしまたあの男と会うことになったら、調子に乗ってまたあなたを付け狙うに決まっています』

「そう」

とだけ私はつぶやいた。残念な気持ちが伝わればいいと思った。南城の自殺は覆らないし、ストーカーの問題を白石が解決してしまったら、私はもう彼女に会う口実がなくなってしまうのだ。

住所も、何をしているのかすら知らない。私は毎日、日比谷の劇場に出向く自分の姿を想像する。タケルではなく、白石を見つけるために。

だが、そんな私の気持ちなど知らないであろう彼女は、唐突にこんなことを言った。

『西野冴子、お好きなんですか？』

「え？」

何故、彼女が西野冴子のことを知っているのだろう。もちろん、それなりに有名な作家だから、名前を知っていること自体は不思議でもなんでもない。でも、どうして私が西野冴子が好きということを知っているのだろう。

『萌に以前、聞いたんです。萌が勤めていた書店で、お隣さんが西野冴子の本を買っているの見たって。おもしろいですよね！　私もほとんど全部読んでます』

頭がカーッとなった。気付かなかったが、あの時、南城が店にいたのだ。

たかが小説だ。そんなものを読んでいるのがバレたからといって、大したことではない。だが私が嫌がらせの手紙を各方面に送るようになったのは、西野冴子の小説にそういう描写が出てきたからなのだ。

白石も西野冴子の小説を読んでいるのなら、作中の、嫌がらせの手紙、という要素に現実との符合を感じたのではないか。ただの手紙ではない。紫の便箋と封筒なのだ。いや、読んでいる必要すらない。私が影響を受けたのは『スミレ色の手紙』という短編小説なのだ。タイトルだけで気付かれる可能性は否定できない。

私が使ったのは実用的なものとして売られているレターセットだ。紫色と言ってもごく薄く、知らない人が見たなら、単なる色のついた便箋と封筒に過ぎず、紫色の手紙とは表現しないかもしれない。現に、現場から手紙を発見した刑事は、手紙の色については触れなかった。白石は手紙を見ていない。つまりあれがスミレ色の手紙だと知っているのは、手紙そのものを目にしている西野冴子の愛読者しかいないのだ。そんな人間は犯人の私以外いるはずがない。

だが決して安心はできない。事件性はないものとして本格的な捜査をしなかったようだから、恐らく手紙は南城の親に渡っただろう。あんな薄気味の悪いもの処分してくれていればいいのだが、娘が自殺した原因だからと、残りの人生をすべて費やしてでも、差出人を捜し出そうとしたら？

もし南城の親が白石と接触したとしたら、そして白石がスミレ色の手紙に気付いたとしたら。私があの手紙の差出人であることが白日の下に晒《さら》されてしまうかもしれない。

南城は確かに自殺だ。でも、直接の原因がタケルのストーカー行為であったとしても、引き金を引いたのは私の手紙だと目されるかもしれない。この噂好きの住人が集まるマンションで、白い目で見られるのは間違いない。引っ越しも考えねばならなくなるだろう。

白石の言うことに適当に相槌を打ち、電話を切った。何もなければ、これでもう白石とは会えないんだな、と一抹の寂しさを感じたろうが、それどころではなかった。

白石は、祟られるのを期待して、タケルにこのマンションの南城の部屋を教えたという。もし南城も、西野冴子の愛読者だとしたら。手紙の差出人は隣人かもしれない、という疑いを抱いたまま死んだとしたら。

祟られるのは、私だ。

5

私はもう嫌がらせの手紙を書くのを止めてしまった。紫色の便箋と封筒を処分してしまったからだが、手紙と西野冴子との関連性を白石に感付かれそうになったのも大きな理由だ。

この手の手紙は、送れば送るほど、自分が犯人だという証拠を残しているようなものだ。南城の場合は自殺で、辛《かろ》うじて手紙の出所は調べられなかったけれど、もし次に警察沙汰になったら私の罪が発覚してしまうのは想像に難くなかった。

私の手紙が南城を自殺に追いやったのかもしれない、という考えが頭いっぱいに広がった。私は利己的な女だ。何通嫌がらせの手紙を送ろうが、後ろめたい気持ちになったことはない。南城が自殺した時だって、差出人が私だと発覚しなくてよかった、と気楽に構えていた。

私は初めて、深い考えもなく、他人にあんな手紙を送ったことを後悔した。差出人の正体が私だと発覚する可能性が出てきたからだ。

しばらくは何もなかった。しかし爆弾は、ある日突然、私の元に届けられた。

スミレ色の手紙だった。私と同じようにプリンタで印刷された、私よりも長い手紙だった。

『あなたは南城萌に届けられた、あのスミレ色の手紙を警察がまったく捜査していない、と思っているようですが、実際はそうではないのです。

あなたは南城萌と同時期に、コンビニ宛にも手紙を送りましたね？　受け取ったコンビニの店員が、気味悪がって警察に相談していたのです。

あの程度の嫌がらせで警察は動かないとあなたは思っているでしょう。それはその通りです。しかし、南城萌の事件で発見された手紙と、コンビニ宛に送られた手紙に警察が共通項を見いだしたのは想像に難くありません。

現状、警察が積極的に捜査することはないでしょう。南城萌は自殺です。何百通も嫌がらせの手紙を送って自殺させたとなったら、さすがにあなたの責任は免れないですが、たった一通です。残念ながら、あなたが法的に裁かれる可能性は、極めて低いと言わざるをえません。ただし、社会的に裁かれる方法はいくらでもあるのです。

私が南城さんのご両親に、あなたのことを告発したらどうでしょう？　刑事事件として裁くのは無理でも、民事となれば話は別です。西野冴子の本を読んでいることを隠しているような、世間体を気にするあなたのことです。あなたはそのマンションに住むことができなくなるはずです。人一人を自殺に追いやった罰としてはあまりにも軽いですが、それくらいしなければ南城さんのご両親の溜飲は下がりません。

さて、これからが本題です。

ずっと今の生活を続けたいのであれば、あなたにやって欲しいことがあるのです。

南城さんが自殺した原因を担っている者が二人います。一人は言うまでもなく、あなた。

もう一人はあのタケルです。

私はタケルが憎いのです。あのタケルは今まで多くの女性を泣かしてきました。私もその一人です。だからあなたにタケルへの復讐を手助けして欲しいのです。

簡単です。ある人物を私の計画の仲間に引き入れて欲しいのです。

その人物は西野冴子、その人です。

彼女にファンレターを送ってください。そして今までの事件の経緯を語ってください。あなたが嫌がらせの手紙を送った事実は、どうでもいいことですから省いても結構です。もちろん西野冴子に贖罪《しょくざい》したい気持ちがあれば別ですが。ただし、タケルの存在を強調するように書くのは必須です。別に難しく考える必要はありません。あなたは当初、ストーカーのタケルが南城萌を殺したと思っていたはずです。でも自殺に見せかけて殺すのは素人には難しいという、常識的判断でそれを否定したのでしょう。裏を返せば、あなたがタケルは犯人ではない、と考えている根拠はそれしかないのです。

もし、首吊り自殺に見せかけて人を殺すトリックを、タケルが知っていたとしたら？

私はそのトリックを知っています。ただタケルがそのトリックで南城萌を殺したという証拠がないのです。

西野冴子は賢い女です。そしておそらく、宝塚のファンです。同じファン仲間の南城萌に同情し、きっとタケルを逮捕するに足る証拠を見つけてくれるでしょう。そうなった暁には、あなたが送った手紙など、些細なこととして忘れ去られてしまうのは間違いありません。

だから、西野冴子をこの事件に介入させるのはあなたのためでもあるのです。

一つだけ、守ってもらわなければならないことがあります。それは西野冴子への手紙は、あなたが、自分の意思で送るということです。

つまりこの手紙の存在を公にされては困る、ということです。

あなたも西野冴子の愛読者なら、最低限のミステリの文法はご存じでしょう。どんな頭脳を持った探偵でも、事件を解決しなければただの人間です。だからあなたに、探偵を事件に介入させる依頼者の役割を担って欲しいのです。

なぜ自分でやらないのか、とあなたは言うでしょう。実は私と西野冴子の間には因縁があるのです。私が事件の解決を頼んだところで、西野冴子は応じないでしょう。でも無関係なあなたなら。

拒否する理由はないはずです。これはあなたにとっても好都合な申し出なのですから』

その手紙を読んだ翌日、私は出版社に宛てて、西野冴子へのファンレターを送った。

さすがにもう紫の便箋を使う気にはなれなかったので、近所のコンビニで、ごくありふれた白い便箋を買った。ワープロソフトを使うと、書式等で件《くだん》のスミレ色の手紙との共通点がバレるかもしれないと思ったので、久方ぶりに直筆だった。むしろファンレターだから、その方が自然だろう。時間をかけて、せいぜい丁寧に書いた。

内容だが、指示された通り、脅迫状を受け取ってこんな手紙を書いていることは秘密にした。後は、嫌がらせの手紙のこと以外、遺体の発見時の状況、タケルや白石と出会ったことまで、ありのままを書いた。

脅迫状には、懺悔云々《うんぬん》とあったが、そんな気持ちはまったくなかった。地球上の誰にも、私があんな卑劣な手紙の差出人であることを打ち明けたくはない。ましてや相手は、嫌がらせの方法を参考にした小説を書いた作者なのだ。

南城が嫌がらせの手紙を受け取ったという事実は、隠さずに書いた。西野冴子に手紙の差出人を特定されたら一巻の終わりだが、隠していた方が怪しまれる。スミレ色、あるいは紫色の手紙という表現は一切しなかった。便箋と封筒の色を知っているのは限られた人々だ。手紙の受取人、あのコンビニの店員に相談された警察官、南城萌の部屋を現場検証した刑事、そして手紙を書いた犯人。余計なことを書いてボロを出す訳にはいかない。

そんなことを考えながら水性ボールペンを走らせ、私は何をやっているんだろうな、と自嘲した。

脅迫状に従ったのは、もちろん嫌がらせの手紙の件をバラされたくなかったからだが、西野冴子が南城はタケルに殺されたと立証してくれるとあったからだ。南城が自殺でなければ、彼女にスミレ色の手紙を送った罪悪感に苦しまずに済む。

しかし西野冴子は、それなりに有名な作家だ。多忙だろう。一読者が無償で事件を調べてくれと頼んだところで、応じる義務などないのだ。お金さえ払えば動いてくれる興信所の調査員とは違う。

そもそも才能ある作家だからといって、現実の事件を解決できる保証はない。

いったい、私に脅迫状を送った人間は、何をもって西野冴子に事件を解決しろ、などと言っているのか。そして何故、あの嫌がらせの手紙の差出人が私だと、知っているのか。

釈然としないものがあったが、少なくとも、ファンがミステリ作家に身近で起こった事件を相談するのは不自然ではないだろう。思えば私も、西野冴子にファンレターを送るなど初めての経験だった。ワクワクしている気持ちがないと言ったら嘘になる。しかしそんな楽しい気持ちも、謎の脅迫者に命じられてこんなことをしているんだと思うと、不気味さで塗りつぶされてその色を隠してしまった。

二週間後、西野冴子から返信が来た。

私は西野冴子と、都内のホテルのロビーで会った。雑誌などで見る彼女より、やや垢抜けない印象を受けた。雑誌の場合はスタイリストがいるからか。あるいは有名人だから、人目につかないように地味な格好をしているのか。

とにかく、今はそんなことはどうでもよかった。あんな手紙を送って返事が来るだけでも驚きなのに、自分が愛読する小説の作家と対面していることが信じられなかった。あの脅迫状の送り主は、こうなることを分かっていたのか。西野冴子がどんな女か、知り尽くしていないと成し得ないだろう。

何か自分が大きな機械の歯車の一つになったような、そんな気がする。

あの脅迫状のことが喉元まで出掛かったが、言えなかった。脅迫状に書かれたことは実現するのだ。だからこうして西野冴子と会っている。彼女はきっと、タケルが南城を殺したことを立証するだろう。その方が私にとってもいいのだ。脅迫状には逆らえない。大きな機械を瓦解させるような真似は。

「どうして私に手紙を？」

「私、小説ってあんまり読まなかったんですけど、西野さんの作品を読んで、小説に目覚めたっていうか、いろんな作品を読むようになったんです。もちろん、一番好きなのは西野さんの作品ですけど。何だか、西野さんが小説でお書きになるような事件だなあって、それで筆を執らせていただいたんです」

西野冴子は、にっこりと笑って、

「読者の方々のそういうファンレターって作品作りの参考になるんです」

と言った。私もつられて笑ったが、あの脅迫状がなければ西野冴子にファンレターを送るなんて思いもよらず、むしろ西野冴子が書くドロドロした男女の話が好きだなんて恥ずかしいと思っていたので、複雑な気持ちだった。

「でも、まさか会っていただけるなんて思いませんでした」

偽らざる本音だった。私は確かに西野冴子のファンと言えるだろう。しかし彼女は私にとって芸能人と一緒で、こうやって対面する日が来るなんて夢にも思わなかった。

「早速ですが」

と西野冴子は言った。

「あなたのお話に出てきたタケルとは、この男ですか？」

と彼女は私にスマートフォンを差し出した。そこには一枚の画像が映っていた。

薄暗いバーの店内のような場所だった。複数の人間が写っている。照明のせいか皆の顔ははっきり写っていない。写真に撮られたくないのか顔を背けている女性もいる。

だが一人だけ、自己顕示欲の権化のように、こちらに向かって身を乗り出している男がいた。その嫌らしい顔に、私は吐き気を催した。

「そうです」

と私は頷く。

私の答えに西野冴子は息を呑んだ。

西野冴子との面談は三十分ほどで終了した。タケルは友人の恋人だという。だがタケルの挙動がおかしいので、友人が心配になっていたということだ。

私のファンレターに登場するタケルと、友人が付き合っているタケルがどうやら同一人物らしく、しかも南城という自殺者まで出たとあって、直接会って話が聞きたいと、今回の面談に相成ったのだ。

あの脅迫状を書いた人間は、そのことを知っていて、西野冴子にタケルの罪を暴かせるために、私を利用したのか。

つまり西野冴子の側にいる人物。しかし、その人物が私の側にもいるとは考え難いものがあった。私の身近に、有名人の西野冴子と知り合いの人間がいたら、気付かないはずがない。それに、私の手紙を読んだ西野冴子も、タケル以外の人物には心当たりがなさそうだった。

まさか、タケルがあの脅迫状を送りつけた真犯人、ということはないだろう。そんなことをする理由がない。

私は正直、西野冴子が南城が自殺した（殺された？）現場のマンションまで案内して欲しいと言い出すと思って、それなりに時間を空けていた。しかしそんな要求もせず、あっさり帰って行ったので拍子抜けしてしまった。

あの脅迫状には、西野冴子が、タケルが南城を自殺に見せかけて殺したトリックを暴くとあったので、すぐに現場検証を行うと思っていたのだ。だが冷静に考えると、有名作家といえども一般人の西野冴子にそんな権限はない。もう警察の手から離れたといっても、空き部屋となった南城の部屋は、今は管理会社のものだ。次の賃貸契約者を待っている段階なら、物件に興味がある客のふりをして中を覗くこともできるだろうが、すでに事件の痕跡は失われてしまっているだろう。

西野冴子にとって、あの画像に写っていた男と、私が知っているタケルが同一人物か否か、確かめることが今回の面談の目的だったのだろう。多忙の中、わざわざ時間をつくって私と会ったのだ。それだけタケルにかんしては真剣なのだ、と考えることにした。

とにかくこれで私の目的は終わったはずだった。後はそれで事態がどう推移するかだが、私はそれを知りたくなかった。何か恐ろしいことが起きるような気がしたからだ。

何かが起きるにせよ、せめて私の知らない場所で起きて欲しかった。

別れ際、私は西野冴子に何気なく、

「宝塚お好きなんですか？」

と訊いた。

すると彼女は笑って、

「ああ『スミレ色の手紙』ね」

と言った。まさか宝塚の文脈でその短編小説のタイトルが出るとは思わず、余計なことを言ったかもしれないと、私はあたふたしてしまった。

西野冴子は、私のそんな気持ちを知ってか知らずか、

「以前も同じことを訊かれたの。スミレって宝塚を象徴する花なんですってね。だから熱心な宝塚ファンって、紫色をスミレ色って言うそうよ。私は全然知らなかったけど。でも『紫色の手紙』じゃ、あんまり美しくないでしょう？」

と言った。

「じゃあ、西野さんは特に宝塚がお好きというわけでは？」

「そういうことを言われて少し興味を持ち始めたところ」

脅迫状では、同じ趣味を持った南城に同情するほど熱心な宝塚ファン、という印象を受け

たが、実際はそこまでではなく、まだ宝塚にかんしてはビギナーのようだった。ファンには違いないから間違っている訳ではないが、その部分だけ違和感を覚えた。

あの脅迫状の差出人は、私のやっていること、考えていることなど、すべてお見通しと言わんばかりの、まるで神のような物言いだった。それなのに西野冴子の宝塚に対する少し冷めたモノの言い方が、少し意外だったのだ。

6

それですべてが終わった。

タケルがマンションに現れることもなく、脅迫状が届けられることも二度となかった。スーパーなどで、たまに態度の悪い店員に出くわす。少し前だったら、スミレ色の手紙のターゲットになっただろう。しかし今はもう手紙を送る気にはなれない。

私が手紙を送ったせいで南城が死んだのかどうかは分からない。自殺なのか、他殺なのかも。どうであれ後味が悪いし、あの脅迫状の差出人が四六時中どこかで自分の行動を見張っているような気がして、迂闊《うかつ》なことはできなかった。

ただ、あの脅迫状の送り主は誰だったのだろう、という疑問は、頭にこびりついて決して消えることはなかった。

私がスミレ色の手紙の差出人であることを、知っている人物。心当たりは一向になかった。

そんなある日、私は彼女の訪問を受けた。白石唯だ。いつものようにベリーショートの髪形で、ボーイッシュな服装をしていた。

「どうしたの？」

「萌が亡くなって、もうこのマンションに来ることもないと思ったもので。でもお世話になったから御挨拶をと」

そう言って、小さな箱を私の前に掲げた。アイスクリームのようだった。そう言えば初めて会った時、南城の部屋でアイスを食べながら宝塚のビデオを観ると聞いた記憶がある。私はその箱から目を背けたくなったが、南城に対して罪悪感を抱いていると気付かれたくなく、あえて直視した。

「そうですか。ちょっと五分ぐらい待ってくれます？　部屋、片付けますから」

「あ、お構いなく」

白石はアイスクリームだけを渡してすぐ立ち去るつもりだったようだが、これで最後だと思うと名残惜しく、ほとんど無理矢理部屋に招き入れた。

「一緒に食べましょうよ。そのアイス」

白石は笑顔で、

「このお店のアイス、とっても美味《おい》しいんですよ。私も食べたかったんです」

などと言った。私が部屋に誘うことを見越していたんだな、と思って苦笑した。

紫芋のカップアイスだった。私は紅茶を淹《い》れて、白石に出した。

「初めて見た時、綺麗な紫色だなって思って、それ以来、ずっとこのアイスなんです」

「そうなの」

と私は相槌を打った。少し垢抜けない甘さが冷たさと調和して、いい塩梅に美味しかった。

「お隣の部屋は、まだ借り手がつかないんですか？」

「事故物件だからね。でも、すぐに埋まると思う。家賃が安くなるから、その手の物件を専門に狙っている人もいるみたい」

「なんだか、悲しいですね。そういうの」

私はアイスを食べる手を止めて、白石を見た。

「萌が自殺したことを、過度に嫌がられるよりはいいんですよ。でもなんにも考えてくれないのも、ちょっとどうかと思うんです。ワガママですかね、こういう気持ち？」

「ううん。分かるわ。隣の部屋の私なんかより、あなたの方が南城さんと親密だったと思うから」

白石はうつむいた。その動作は、私の言葉に頷いたように見えた。

目に涙が光っているようにも。

「あなたが、お隣に引っ越してくれれば？」

と私は言った。最初、私は彼女に関心を持っていた。その後、いろいろなことがあってそれどころではなくなってしまったけれど、彼女への好奇心が完全に失われた訳ではなかった。

白石は小さく首を横に振った。

「遠くに行くんです。だからここに来るのは最後です」

「お仕事の都合？　それともご結婚？」

私は白石のことを何も知らなかった。何の仕事をして、どこに住んでいるのかも。

「仕事の都合とはちょっと違うけど、でも結婚に比べれば、そちらの方が近いかな」

深く訊かない方がいいかもしれない、と思った。答えを聞いて、訊かなければよかった、と思う局面は人生によくあるものだ。

しかし、今日を最後にもう白石に会えないのであれば、たとえ気まずくなっても、ちゃんと訊いておくべきなのかもしれない。

逡巡《しゅんじゅん》した末、苦し紛れに私が発したのは、至極どうでもいい質問だった。

「スミレ色って言わないのね」

その質問に、白石はアイスを食べる手を止めた。

「宝塚を好きな人って、紫色のことをスミレ色って言うって聞いたから」

白石は私を見つめ、

「誰に聞いたんですか？」

と言った。

私の知っている白石は、まるで少女のように明るく、裏表などないように思える女だった。でも、今は違った。

「西野冴子に教えてもらったの。ファンレターを送って会う機会があったから」

その答えを聞いても、白石は驚く素振りを微塵も見せなかった。普通だったら、有名な小説家とそんな簡単に会えるんですか？　と吃驚《びっくり》するだろうに。

「西野冴子も宝塚が好きなんですか？」

「たまたま小説のタイトルにスミレ色とつけたから、宝塚のファンと思われたみたいね。それがきっかけで今は宝塚に興味を持っているらしいけど。でもまだビギナーで熱狂的なファンって訳じゃないわね」

そう言って、私は白石を見据えた。

彼女はしばらく何も言わなかった。

やがておもむろに、

「あなたが何を考えているか、分かるわ」

と言った。

そこには少女のような白石はもう存在しなかった。

「それを口にしないことね。口にしなければ、あなたの妄想のままで終わるわ」

白石は、本当は宝塚に興味はないのだろう。ただ、南城に近付くために宝塚を勉強しただけなのだ。しかし、にわか勉強はボロが出る。だからうっかり紫色などと言ってしまった。

本当にそうだろうか？

そもそも何故、紫芋のアイスなど買ってきたのだろう。わざわざ選んで買ってくるぐらいだから、当然紫という色に注意をするはずだ。

しかも白石は、安易に綺麗な紫色などと言った。アイスの味に言及するならともかく、色が綺麗など、やや唐突な発言ではないか。

わざと言ったのだ。きっとそうに違いない。いったい何故？

私に違和感を覚えさせるためだ。

だからわざわざ脅迫状に、西野冴子は宝塚が好きだ、などという一文を入れたのだ。西野冴子と会った時に、私が宝塚の話題を出すように。そして西野冴子が私にスミレ色の意味を教えるように。

白石の計画では、今日を最後に私の目の前から永久に姿を消すつもりだった。紫色は、スミレ色は、白石のことを思い出すたびに違和感を覚えるように私の記憶に埋め込まれた、爆弾だ。

白石の誤算。それはその爆弾が、予想よりも早く爆発したことだ。その意味では、白石は私を見くびっていたのかもしれない。

でも、何故？　告白したいのなら自分の口で言えばいい。隠し通しておきたければ、そもそも、こんな色のアイスなんて買ってこなければいいのだ。それもわざわざ自分でヒントまで出して。

白石は、別れた後で私に気付いて欲しかったのだ。

どうして？

『あなた、私がスミレ色の手紙の差出人だって、何故気付いたの？』

そんな質問が、喉まで出掛かった。でも言えなかった。自分が、あんな卑劣で卑怯な手紙を送った張本人だなんて、口が裂けても言えなかった。

「私のことは忘れなさい」

そう白石は言った。

「知ってるわ。あなたが私に夢中だってこと。萌もそうだったから。私がそうさせたのよ」

はっ、とした。

「あなたが南城さんを殺したの？」

白石は笑った。

私を嘲るような笑みだった。

「私に萌は殺せないわ。だってそんな知識がないもの」

自殺に見せかけて、南城を殺す知識。でもそれを言ったら、タケルだってそうなのだ。南城は警察の検視で自殺と認められた。つまり警察に匹敵するほどの法医学の知識がある者でなければ、南城は殺せないのだ。

法医学の知識――。

――。

気がつくと白石の顔が目前に迫っていた。脳裏に浮かんだある考えと白石に、私はあらがう術《すべ》を持たなかった。

南城が死ぬ前、彼女の部屋から漏れ聞こえてきた押し殺した声を思い出した。もしかしたら、あの声は白石のものだったかもしれないな、と考えたこともあった。

しかし、そうではないことを、私は知った。

7

「旦那さんによろしくね」

そう言って白石唯は去っていった。今となっては、それが本当に彼女の名前なのかどうかすら、分からない。

私は生まれて初めての経験に理解を追い付かせるのに必死で、何故夫のことを言うのだろう、と白石の言葉の意味を考えることすらできなかった。

私はこうなることを期待していたのだ。だからこそ、以前のようにファミレスで話すのではなく、部屋に招いたのだ。最後のチャンスだと思って。

もう二度とこんな経験をすることはないのだ、と朧気《おぼろげ》ながら思った。だが、それが善きことなのか、それとも絶望するべきことなのか、判断する理性はなかった。

「白石さんがよろしくって」

私はそう、帰宅した夫に言った。

「え？　何？」

その夫の声は少し大きかった。白石を知っているから、驚いて大きな声が出たのだ、と考えるのは邪推だろうか。

「亡くなったお隣さんのお友達。あの事件でちょっと話すようになったの。でももうお別れだって挨拶に来たわ。そうよね。お隣さんが亡くなったんだから、もうこのマンションに来る理由なんてないもの」

「へえ」

関心がなさそうに夫はつぶやく。

「でも、どうして旦那さんによろしくなんて言ったのかしら。あなたのことを知っているみたい」

「俺は知らないよ。この部屋に上がり込んだんだからそれくらい言うだろう」

「どうして、白石さんがこの部屋に上がったことを知ってるの？」

「挨拶に来たんだろう？　いや、お前の口調だと、玄関先で挨拶するだけの間柄じゃあなさそうだったから」

そう、私と白石は、それだけの間柄じゃない。

あなたはどうなの？

「どうしたんだ？　何か変だぞ」

私はその夫の質問に答えなかった。

どうして白石が、スミレ色の手紙の差出人が私だと気付いたか、考えてみたのだ。

夫に、私が南城萌に送った手紙を見る機会があったとしたら。

もしかしたら警察関係者から見せられたのかもしれない。でも、そうではないと私は思う。

南城が自殺でなかったとしたら、自殺に見せかけて殺されたのだとしたら、そんなことができる人間は夫しかいないからだ。

不定期な仕事。血や薬の匂いがするような男。夫は監察医だった。

白石と初めて会った時、私はファミレスで彼女と少し話をした。その際私は、南城が殺されたと言っている彼女に、かなり具体例をあげて、他殺と自殺の死体の区別はつくと説明した。そんな知識があるのも、夫に教えられたからだ。

恋愛期間中は、そういう特殊な仕事にかかわっている夫を、当時夢中になって見ていた科学捜査モノの海外ドラマの影響もあり、誇らしく思っていた。今はそんな誇りはないけれど。

監察医という死体を扱う仕事の夫を嫌って、いつしか私は夫に体を任せないようになった。しかし夫も男だ。不満のはけ口を一人暮らしをしている女性の隣人、南城萌にぶつけるようになっても決して不思議ではないだろう。親しくなる機会はいくらでもあるのだから。

私はそんなことも知らず、南城に嫌がらせの手紙を送った。

『私はあの人の妻です。

あの人があなたと関係を持っていることは分かっています。

今すぐあの人と別れなさい!

それが嫌なら死ね!』


何の意味もない文面だった。

でもそれは図らずも、真実を言い当てていたのだ。

南城も、夫も、その手紙の差出人として、真っ先に私を疑ったはずだ。しかし夫自ら私に問い質すことはもちろんできない。浮気を告白するようなものだから。

だが南城は私に会おうとした。だから夫に殺されたのだ。

夫は南城の検視にはかかわっていないだろう。隣の住人だから、意図的に外されたはずだ。しかし夫は法医学のエキスパートだ。他殺死体を自殺に偽装することなど、いともたやすくできるに違いない。

手紙を現場に放置した理由は、恐らく自殺の工作を強固にするためだろう。下手に遺書を作るより、あるものを利用した方がボロが出ないと考えたのか。

私は南城が死んだからといって、嫌がらせの手紙を送った当人であると警察に出頭したりはしなかった。人間だから罪悪感は多少はある。でも今のこの生活を壊さない方が大事だ。私がそういう女であることを、一番よく分かっているのは夫だ。

そして白石は、夫を通じて、私がスミレ色の手紙の差出人だと知った。そうとしか思えないのだ。つまり白石は夫とも関係を持った。そうでなければ、

『旦那さんによろしくね』

などという言葉が出るはずがない。

脅迫状の差出人は、私が南城と同時にコンビニ宛に嫌がらせの手紙を送ったことも知っていた。何故？　普通だったら、そんなこと、分かるはずがないのに。

夫はあの嫌がらせの手紙の送り主が私だと疑った。同じ部屋に住んでいるのだ。紫色の便箋と封筒を見つけたのかもしれない。そして、同じような嫌がらせの手紙を受け取ったという被害届が出ていないか調べたのだろう。果たしてあのコンビニ店員は、警察に相談していた。あんな便箋と封筒、ありふれたものだと思ったかどうかは分からない。とにかく夫は、誘惑してきた白石に、自分の妻がそういう嫌がらせの手紙を送る趣味があるらしいことを、話してしまったのだ。

白石は目ざとく、その一件を私を操ることに利用し、あの脅迫状を送り付けてきた。もし無視されたってかまわないのだ。第二、第三の矢を放つだけなのだから。しかし私は脅迫状

が命じるままに、西野冴子にファンレターを送った。それは取りも直さず、私が嫌がらせの手紙を送った張本人であると自分で認める行為であるとも気付かずに。

白石は西野冴子との間に因縁があるのだろう。そして恐らく、タケルとも。彼女らの物語は私の知るところではない。確かなことは、白石が彼らとのゲームに勝つために、私を駒にしたということだ。

南城はもともとタケルと知り合いだった。だから白石は当初、彼女を駒にするつもりだった。夫を誘惑した理由は、南城との弱みを握るためだろう。しかし夫と話すと、妻が西野冴子のファンだという。私は友人知人に自分が西野冴子の愛読者であることを隠している。しかしさすがに一緒に暮らしている夫には隠せない。南城が夫に殺されたこともあり、こちらの方が操りやすいと、ターゲットを私に変えたのだ。

これは妄想だろうか？

違う。

真実をすべて言い当てているかどうかは分からない。しかし白石が何らかの目的を持って、宝塚のファンと偽ってまで、南城と接触したのは間違いないのだ。

私の中で動き出した推測は、想像は、妄想は、それぞれがぶつかりあって、更なる疑惑を生み出してゆく。だから白石は、わざわざアイスを買ってまで、紫色、などと口にしたのだ。

宝塚が好きというのが虚構なら、他のすべても虚構かもしれない。いつか私がそう疑い始めるのを狙って。

夫は私を疑っている。

私も夫を疑っている。

しかしどちらも、それを口に出して相手に問いただせない。そんなことをしたら、自分の罪を告白するようなものだから。

疑心暗鬼の地獄。それが白石が仕掛けた爆弾の最終的な形だった。

夫婦は一番身近な他人。他者の介入で、たやすくお互いがお互いを疑い始める。たとえそれが事実でなくても、妄想であっても、関係ない。相手を問いつめることは決してできない。答え合わせは永久にできない。正解は分からない。

私は白石とのことを、胸に秘めて決して誰にも言わないだろう。夫の耳に入ることだけは、絶対に避けなければならない。

これが、私に自分で真相に気付かせようとした、白石の本当の目的だった。

自分で真相を告白したら言質《げんち》を取られる。だから白石は、逆に私の罪を、罪悪感を利用し、口をふさいだのだ。

白石は今、どこにいるのだろう。私は彼女にスミレ色の手紙を送ってやりたかったが、それはもう果たせそうにない。

しかし、どこにいたとしても、彼女は次の駒を探し、自分のゲームに利用しようとしているに違いないのだ。

西野冴子との闘い、というゲームに。

第二話　生まれなかった子供たち

プロローグ

亜美に恋人のタケルを紹介されてから、私はずっと彼のことを考え続けていた。だからこそ、ファンレターを送ってきた主婦にわざわざ会いに行ったのだ。

友人の彼氏に横恋慕するほど、私は男に飢えていないつもりだった。しかしあの軽薄そうな茶色い髪、じゃらじゃらとうるさいズボンのチェーンの音が、私の記憶から消えることはなかった。

亜美はお人好しだから、騙されているんじゃないだろうか、というお節介な気持ちがあったことは否定できない。タケルの格好は、どう見てもまともな社会人じゃないから、尚更だ。

だけど、それだけじゃない。

マンション住まいの、あの主婦の隣人の南城萌という女性が死んだ。自殺らしいが、しかしタケルが萌の知人なのは、間違いないようだ。一人暮らしの女性の部屋に足繁く通うような男だ。もしかしたら深い関係だったのかもしれない。

もしタケルのせいで、彼女が自殺したとしたら。友人の亜美を心配するのは当然だろう。

虎ノ門のバーで初めて会った時、酔った私は記念に写真を撮ろうと言った。そんなことを言い出したのも、初対面からタケルを警戒していたのかもしれない。

写真を撮られるのが好きじゃない人は多くて、亜美も嫌がって顔を背けたが、タケルは堂々と私のスマートフォンのレンズに顔を向けた。その画像をファンレターを送ってきた主婦に見せたら、彼女は、

「そうです」

とはっきりと答えた。

私は亜美にそのことを伝えた。最初こそは穏やかに話をしていたけれど、最終的に喧嘩になった。

「二股かけられてたのかもしれないよ？　しかもその萌って女性は自殺したのよ」

「だからなに？　私も自殺するって言うの？」

「そんなこと言わないわ。ただ——」

「もう、放っておいてよ。冴子、悔しいんだ！　私に恋人がいるから！　普通じゃないわよ。ファンレターを送ってきた読者にわざわざ会いに行くなんて。そんなに他人の男関係が気に

なるの？」

そう言われると反論できず、そのまま亜美とは喧嘩別れのようになってしまった。

単なるお節介だったのだろうか。死者が出ているからといって、事態を大げさに考えてしまっていただけなのだろうか。

亜美と喧嘩したこともあって、私はタケルのことはもう忘れようと決めた。だがその決意は程なくして破られることになる。

1

「え⁉　西野冴子が従姉なんですか？」

　と、イラストレーターが生業のその男は訊いた。才能がある人間が親戚にいたからって、俺自身の価値が上がる訳ではない。しかしこういう集まりの時には、西野冴子の名前は、話のネタにちょくちょく使わせてもらっている。

　世間の皆が皆、小説に詳しい訳ではないのだが、同じ業種と言えなくもないイラストレーターは、西野冴子の名前を知っていたようだ。

「でも、会うのはお正月ぐらいですよ。会話もほとんどないです。お互い、社交的じゃないですからね」

「なんだあ。じゃあ、サインはもらえないっすね」

「彼女の小説、読んだことがあるんですか？」

「いえ、あんまり。なんかOLとかが読むんじゃないですか？　ああいうの」

正月に祖母の家で会う西野冴子は、いかにも気難しそうな作家然とした女だった。迂闊にサインなど頼んだら、冷たく断られそうな雰囲気だ。

父など作家の姪といろいろ話したいだろうに、あまりにも愛想がないので、仕方がないから息子の俺たちとばかり話している。実家で暮らしている俺の兄は、勤めていた会社が倒産し、求職中だ。父はそんな兄に、早く次の仕事を見つけろとか、結婚しろとか口うるさく、見ているこっちが気の毒になってくる。

結婚している俺とて無傷ではなく、新婚当時は、早く子供を作れなどと言い立てられた。最近めでたく妻の妊娠が判明したが、それでプレッシャーがなくなることもなく、男の子がいいなあ、などと前時代的なことを言う。正直、妻は苦痛だろう。最近会話が少ないのも、父の圧力のせいかもしれないと、俺は密かに疑っている。

たまに妻が読む女性誌などで見る西野冴子は容姿端麗という印象で、プライベートでは愛想笑い一つしない暗い女だとは、読者は夢にも思わないだろう。ああいうグラビアはメイクやカメラマンによって実物を何倍にも引き立てるものだとよく分かる。

俺は辺りを見回しながら、こういう集まりに彼女を呼んでも来ないだろうな、と考えた。

俺たち夫婦は自己紹介のタイミングに遅れ、誰が誰だか今一つ判然としない。しかしそれでも何となく会話が成立しているのは、いかにも主催者の高原耕介《たかはらこうすけ》の性格が滲《にじ》んでいた。

高原は人づきあいが趣味と公言するほど人脈が広く、学生時代からこの手の集まりを企画するのが得意だった。俺も高原が企画した合コンで妻と知り合った縁もあり、社会人になった今も、彼の誘いは断りづらく、たまに顔を出している。

日曜日の小金井公園は、二百人を優に超えるであろう人々がバーベキューに勤《いそ》しんでいる。皆どこかのグループに属しているのだろうが、どんな集まりなのか想像もつかない。俺たちも周囲にそういう目で見られているのだろう。まだ年が明けたばかりなのに、寒い時期のバーベキューに、これほど需要があるとは思わなかった。

妻は茶髪でズボンにチェーンをつけた軽薄そうな男と話をしている。二人とも笑顔だ。妊娠四ヶ月なのでウーロン茶だが、酒が入っていなくても、他の男と楽しそうにしている姿を見るのは面白くなかった。

「あの、チェーンの彼は誰でしたっけ？」

と俺はイラストレーターに訊いた。

「タケルって言っていたような。名字はちょっと聞きそびれました」

俺は焼き肉のタレで汚れた紙皿を置いて、折りたたみの椅子から立ち上がり、二人の方に向かった。二人は同時にこちらを見た。タケルは穏和な表情のままだったが、妻は俺を見ると少し顔を曇らせ、目を背けた。

「楽しそうですね」

と俺は言った。

「旦那さん？」

とタケルは言った。外見と同じに、軽薄な口調だった。

「一応、夫と一緒に来てるってことを言っておいた方がいいと思って」

俺はあくまでも冗談であることをアピールするように、満面の笑みで言った。内心はもちろん本気だった。

もう皆いい歳だし、夫婦も誘うぐらいだ。これが、必ずしも出会いを求めた集まりではないのは確かだろう。でも不倫の芽はどこに転がっているか分からないものだ。

俺は妻を連れてタケルから少し離れ、

「あいつと何話してたんだ？」

と訊いた。

「別に、ただの世間話よ。それがどうしたの？」

「ちょっと用足しに行ってくる」

妻は露骨に嫌な顔をした。

「そんなこといちいち言わなくていいわよ。子供じゃあるまいし」

妻の言葉はもっともだったが、単にタケルとの会話に割り込みたかっただけだった。別にトイレに行きたいわけではなかったが、言った手前仕方がなく、俺はその場からいったん離れた。あのタケルという男は、さっきまで別の女と話していた。今は妻と話しているから目に付いただけ。俺はそう自分に言い聞かせた。

用を済ませてトイレから出ると、ある一人の女と目があった。そこに立ち尽くして、こちらをじっと見ている。驚くべきことに、俺は最初その女が誰だかまるで分からなかった。いるはずのない場所で、いるはずのない人間と遭遇すると、当たり前のことが分からなくなることを、俺は身を以て思い知らされた。

「こんにちは」

その声で、ようやく俺は我に返った。

「何やってるんだ、こんなところで」

俺は白石唯の腕をとって、妻たちがいる場所から反対方向に向かって歩き出した。小金井公園でバーベキューをすることは、彼女には言っていない。それなのに——。

「あなたの後を、つけてきたのよ」

俺の心を悟ったかのように、彼女は言った。

「俺は車で来たんだぞ」

後ろを怪しい車がつけてきたら気付かないはずはない。

唯はニッコリと笑って、

「私にはすべてお見通しよ」

と言った。

俺は心底、ぞっとした。どうやってここを知ったのかは、この際、どうでもいい。今日の集まりに来た連中とは、高原の知り合い同士という接点しかない。その中の誰かに今日のことを聞いたのかもしれない。

「どういうつもりで、こんなことをする？」

「奥さんに、私のことを見せつけようと思って」

ベリーショートの細い髪が、真っ白な肌を背景にして光り輝いている。出会った時から、俺は彼女に超然としたものを感じていた。俗世間のことなどすべて忘れさせてくれるから、俺は彼女と付き合っていたのだ。それなのに、こんな無鉄砲な行動に出るなんて、夢にも思わなかった。

「意外と俗っぽいんだな」

「早く奥さんと別れて、って言うとでも思ったの？」

「違うのか？」

彼女は急に立ち止まり、俺に向かって、

「奥さんと別れて」

と真顔で言った。

「別れるなら子供がいない今のうちよ。子はかすがいって言うでしょう？」

割り切った関係のはずだったが、それは俺の勝手な思い込みだったようだ。

妻が妊娠したことは、俺は彼女に言っていなかった。言う必要がないと思って、教えていないのだ。

俺が煮え切らない態度だから、覚悟を決めさせるために来たのだ、と思った。

「お互いに分かっていて付き合ってたんじゃないのか？」

その質問に彼女は答えず、

「バーベキュー楽しい？」

と聞き返してきた。

「ああ――楽しいよ」

「私も、あなたと一緒にこういう集まりに招待される人間になりたいだけなの。それ以上、何も望まないから」

そう言って、彼女はくるりと背中を向けて、足早に去って行った。

俺はしばらく彼女の背中を見送り、トイレに引き返した。個室に入り、火災報知器のたぐいがないことを確認して、タバコを一本吸った。最近はどこも禁煙で、迂闊にタバコも吸えない。

吸い殻をトイレに流してから、皆のいる場所に引き返した。さっきまでタケルと話していた妻は、今は一人でどこか遠くを見ながら肉を食べている。タケルは高原と話し込んでいる。その光景を見て、俺は安堵した。自分のことは棚に上げて、妻の浮気を恐れるのか、と人は言うだろう。だが、男の勝手な心理を制御することは、俺にはできそうになかった。

「遅かったわね」

と妻が言った。そして鼻をひくつかせた。

「吸ってたの？」

唯と遭遇したせいで、すぐに戻れなかったアリバイ作りのためだ。

「妊婦にはタバコの煙は毒だろう」

「どこ行ってたんだ？」

そう高原がとがめるように言った。どうやら皆で記念写真を撮ることになったらしい。

「俺が戻ってくるまで待っていてくれたのか？」

「そうだよ。お前がいなきゃ始まらない」

「嬉しいね。でも、ありがとな」

「何が？」

「いや、大学時代の友達は沢山いるのに、俺だけ誘ってくれて」

高原は、ははは、と笑った。

「だって、西野冴子の従弟が来るって言ったら、女の子驚くもんな！　一人だけ急用で来られなかった子がいるんだけど、ほんと残念がってたよ」

俺も、ははは、と笑った。そんなことだろうと思ったから、今更腹が立ったりはしなかった。高原は、人脈を何より大事にする男だ。有名人、特に女性ファンの多い作家の親族を見逃すはずがない。

俺は妻と初対面、しかも名前もほとんど知らない人々と、高原が向けるスマートフォンの前に並んだ。

この中の誰が、唯を知っているのだろうと考える。もし本当にこの中に唯の知り合いがいるのなら、どうして彼女はこのバーベキューに参加しなかったのだろう。メンバーが急に増えても、人数が多い方が楽しいと、高原は嫌な顔をしないはずだ。こっそり現れて俺を驚かすより、その方が彼女らしい。

2

白石唯と出会ったのは、妻と喧嘩して、一人でふらふらと池袋の街をさまよった、一年前の冬の夜だった。

飲料で有名な大手の食品会社に勤め、高原が企画した合コンで知り合った元ネイリストの妻がいる。今のアパートを出て、自分の家を持つのが目下の夢。仕事では要領良くやるタイプだし、兄とは違って、会社の経営が危ういという噂は聞かないので、おそらくそう遠くないうちに、その夢は果たせるだろう。

昔は当たり前だっただろうが、今はその程度の人生でも成功者だと見なしてくれる。正社員だから成功者だ。結婚できたから成功者だ。家を建てられたから成功者だ。あのバーベキューに集まった連中が俺たち夫婦に改めて自己紹介しなかったのも、今自分が何をやっているのか、知られたくない者がいるからかもしれない。

高原にせよ、一年前にアパレル会社を辞めたということを聞いて以来、今、何をしているのか知らない。自分から言わないということは、訊かれたくないのだろうと思っている。

妻と喧嘩したのは、端的に言って、子供のことだ。その時、妻はまだ妊娠していなかった。

親は孫の顔が見たい。兄にはまだ結婚の予定はないので、そのプレッシャーは必然的に既婚者の俺にかかってくる。俺はそんなもの気にしてはいないつもりだった。しかし無意識のうちに、態度で妻を苦しめていたのかもしれない。

家に帰りたくなかった。

俺は知っているバーに向かった。学生時代は時間をつぶす場所と言えば、ファストフード店やマンガ喫茶だったが、社会人になって上司に連れられて、この手の店もいくつか馴染みになった。

手を悴《かじか》ませながら店に入り、マスターに温かいものをオーダーすると、ホットウイスキーに砂糖とシナモンを入れたカクテルを作ってくれた。体が温まり生き返ったような気分になったが、妻との喧嘩を思い出し、晴れやかな気持ちにはならなかった。

「私もホットウイスキーもらおうかな」

と一つ隣に座っている短い髪の女が言った。

「前から興味はあったんだけど、おじさんが飲むお酒のような気がして頼めなかったんだよね」

その女が唯だった。馴染みの店では、お互い見ず知らずの同士でも、奇妙な連帯感が生じる。酒が入っていると尚更だ。ホットウイスキーがつなぐ縁ではないが、俺は彼女に妻とのことをポツリポツリと話し始めた。心の悩みは誰かに話すだけで軽くなるという。その時、偶然、その場所に彼女がいた。ただそれだけなのだ、俺が唯と関係を持つようになったのは。

「ウィリアム・アイリッシュの『幻の女』みたいだな」

と俺は言った。

「どうして？」

「知ってるの？」

「有名な推理小説でしょう？」

「ああ。俺みたいに妻と喧嘩した男が、家を飛び出して見ず知らずの女と会う。家に帰ると妻が殺されている。男のアリバイを証言できるのは、偶然出会った見ず知らずの女だけだ。しかし女は姿を消し、女のことは誰も知らない」

「幻の女だから」

と唯が俺の言葉を引き継いだ。

「君は誰だ？」

「さっき自己紹介したじゃない」

「名前を聞いただけだ。何の仕事をしているかは、聞いてない」

「別に大した仕事はしてないわよ。私は宝塚が好きな、ただの女」

性風俗に従事していて、仕事を言いたくない女性も確かにいるので、俺はそれ以上詮索するのは止めておいた。

その時、俺の脳裏に浮かんだのは、従姉の西野冴子のことだった。今年の正月に会った彼女は相変わらず口数が少なかったが、宝塚に興味を持ち始めたと話していた。『スミレ色の手紙』という小説を書いたら、宝塚ファンに思われたのがきっかけだという。どうやらファンの間では、スミレ色イコール宝塚らしい。

「西野冴子を読んでそうだね」

『幻の女』を知っているぐらいなのだ。知らないはずがないだろう、とカマをかけた。

「どうして分かるの？」

白状すると、俺はその瞬間、してやったりと思った。俺は無意識のうちに妻以外の女の温もりを求めていた。そして西野冴子の名前を女を誘う道具にしたのだ。

西野冴子は従姉だと言っても、唯は最初は信じなかった。しかし人となりを詳しく話すと、段々と信じられないといった顔つきになった。

「そんな偶然があるなんて信じられない」

と彼女は言った。

「偶然じゃないかもな。君の方こそ、まるで俺をここで待っていたみたいだ」

酔った俺は、恥ずかしげもなく、そんなことを言った。実際、彼女のような若い女が、一人でバーなんかに来るのか、という疑問もあった。

「男に誘われるのを待っている女だと思った？」

「思わない。だから余計に偶然とは思えない」

薄暗い店内で、光り輝く彼女の肌は、まるで誘蛾灯のようだった。だからこそ、俺は彼女にどこか超然としたものを感じた。欲望はあったが、見ず知らずの男と、一夜限りのデートを楽しむような安っぽい女には思えなかった。たとえ西野冴子の名前を出してもだ。

唯は言った。

「いいじゃない。私があなたにとって幻の女であれば。奥さんとの喧嘩も、きっと幻。一晩眠れば、すべて元通りよ」

その日はそれで彼女と別れた。迂闊に手を出せるような女ではない、と感じたのは事実だが、妻帯者であるという自覚の方が強く、出会ったばかりの女とホテルに行くような真似は俺にはできなかった。

幻の女だから、もう二度と会えなくても仕方がないと思った。

家に帰ると、果たして妻は殺されてはいなかった。かすかないびきをかいて寝ていて、俺はとりあえず今日は喧嘩の続きをしなくて済んだことにホッとした。

翌日は妻と言い争うようなこともなかったので、唯の言う通りになったと言える。でも、完全に元通りにはならなかった。

俺の心に唯の記憶が居座って、決して出て行こうとしなかったから。

一週間後、仕事終わりに、俺は唯と出会ったバーに向かった。彼女はそこにいた。目があうと彼女は、

「こんばんは。西野冴子の従弟さん」

と言った。その夜に、俺たちは池袋のホテルに向かった。そこから先は、月並みな男女の関係だ。

神秘的な彼女に惹かれたのは事実だ。結婚や将来という言葉を吐かないことも、彼女は俗世間から外れた女であるという認識を強くさせた。だから俺も知らず知らずのうちに、彼女を都合のいい女として扱っていたのかもしれない。その鬱憤が遂に爆発して、あの日、彼女は小金井公園に乗り込んできたのだ。以来、俺は彼女と会わなくなった。また奥さんと別れてなどと言われることを、俺は恐れた。

そして、事件が起きた。

3

妻が俺の実家近くのショッピングセンターからの帰り道、歩道橋の階段から落ちて救急車で運ばれたという。俺は会社を早引けして、すぐさま病院に向かった。頬を酷く擦りむいた痛々しい姿だったが、命に別状はなく、大きな怪我もしていなかったので、俺はほっと胸をなで下ろした。

だが、子供は駄目だった。

その事実を医師から告げられた時、俺は衝撃と共に肩の荷が下りたような気がした。唯のことを思い出した。これで彼女と一緒になれるかもしれない、そう一瞬でも考えてしまった時点で、俺は最低の夫だった。

不毛な妻との口喧嘩が、子供を作れと言う両親の顔が脳裏に浮かんだ。彼等の残念がる顔を想像するだけで、陰鬱な気持ちになった。

転倒の傷よりも、流産で負った身体のダメージの方がよほど深刻で、妻は大事をとって数日入院することになった。

「ごめんね」

「何でお前が謝る？　子供は残念だったけど、また作ろう。な？」

その俺の言葉にも、妻は上の空のようだった。天井を見つめ、ぶつぶつと何かをつぶやいている。俺はそんな妻を哀れむように見つめることしかできなかった。

「私が、あんなところに行かなければよかった」

実家は横浜線の沿線にあった。横浜と言えば聞こえはいいが、周辺は住宅街で、大きな店は何もなかった。そんなところに十年前、突如大型のショッピングセンターができた。そこはたちまち地元の名所となった。俺はそのころ既に実家を出ていたので、一度も行ったことがない。

「俺の実家に行ったついでに寄ったのか？」

「そうよ。いつも悪いから、高原さんにお礼に何か差し上げないと、と思って」

あのバーベキューは一応割り勘で、俺も妻もいくばくか現金で払ったが、企画した高原が一番費用を負担しているのは想像に難くない。妻と知り合った合コンもそうだろう。

高原は親しい友達だし、それで女の子とのコネクションを築いているのだからと、俺は気にしたこともなかった。しかし、妻としては申し訳ない気持ちがあったのだろう。

「突き飛ばされたような気がする」

「え？」

「背中を、突き飛ばされたのよ」

そんな話は今、初めて聞いた。医師からも説明はなかった。転んで子供を流してしまった自責の念から、今、突然思いついた考えなのでは、と俺は思った。

「そのことを医者に言ったのか？」

妻は首を横に振った。

「どうして、すぐに言わなかった？」

「何が起こったのかショックでよく分からなかったから。でも、あなたの顔を見て落ちついて考えると、やっぱり誰かに背中を押されたような気がする」

「それが本当だったら、被害届を出さないと」

妻はしばらく黙って、

「ううん、いい――本当に誰かにやられたのかどうか、分からないもの」

と言った。

俺は一応、そのことを医師に伝えた。医師は、診察しただけでは、不注意による転倒か、突き飛ばされたのか判別はできないと答えた。ただ、そのような心当たりがあるのなら、警察に通報するべきだと、至極当然のことを言われた。

後日、医師の診断書を添えて、警察に被害届を提出した。妻は気乗りしなかったようだが、胎児といえども子供を失った憤りは小さくなく、実家の両親も警察に訴え出ることに積極的だった。

だが警察の対応はそっけないものだった。妻は犯人の顔を目撃していた訳ではなく、突き飛ばされたような気がする、などと警察でも煮え切らない態度だった。また妻が被害にあったのは平日の昼間という客の少ない時間帯で、場所もショッピングセンターの正面ではなく裏手であったことから、目撃証言は期待できなかった。

「こんな言い方は申し訳ないんですが、自分の不注意が招いた結果なのに、被害届を出す人間が多いんでね。私たちも慎重にならざるを得ないんですよ」

あまりと言えばあまりの言葉に、妻は泣いた。俺はそこで怒るべきだったかもしれない。しかし確かにこの妻の曖昧な態度では、警察も本腰を入れて捜査をしてくれないだろうという考えが、俺を意気消沈させた。

被害届は受理された。しかしあくまでも被害届は告訴とは違い、捜査をするかどうかは現場の判断によって決められる。あの警察官の態度では、後回しにされたまま、うやむやになる可能性は高いだろう。

それでも、俺は被害届を出したことで、夫としてやるべき最低限のことはやったという気持ちの方を持った。俺も内心ではあの警察官のように、突き飛ばされたという妻の訴えを信じていなかったのかもしれない。

子供が流れた以後、俺たちは余計に会話が少なくなった。唯の温もりを求める気持ちはあったが、妻がこんなことになった時に不倫相手の元に行くなど、ますます夫失格のような気がしてためらわれた。

それだけではない。もし、本当に妻が誰かに突き飛ばされたとしたら、いったい誰がそんな卑劣なことをするのだろう？

『別れるなら子供がいない今のうちよ。子はかすがいって言うでしょう？』

彼女は突然、小金井公園に現れた。方法は分からないが、俺の居場所を把握していた。思えば池袋のバーだって、一回目は偶然かもしれないが、二回目はまるで俺を待ち受けているかのようにそこにいた。

唯なら、俺の自宅を突き止め、妻を尾行することができるかもしれない。

そして唯なら、妻の妊娠を知ることができたかもしれない。子供ができてしまったら、俺が妻との離婚を渋ると考えた彼女は、妻を――。

妻に恨みを抱いている人間など、考えても考えても、俺の不倫相手しか思い浮かばなかった。だからこそ、俺は妻が突き飛ばされたなど信じたくなかったのだ。もしそうであった場合、俺のせいで子供が駄目になってしまった、ということにほかならないから。

数日後、俺たち夫婦はまた警察署に呼び出された。彼等は歩道橋に設置されている監視カメラの映像をチェックしたという。しかし、犯人らしい人間は確認できなかった。

「写っているのは奥さんだけでした」

ごらんになりますか？　などと無神経な言葉を吐かれないだけマシだった。誰がそんなものを見たいだろう。自分の妻が階段を転がり落ちる光景など。

「妻が自分の不注意で転がり落ちる瞬間が写っていたんですか？」

「いや、あくまで階段全体をとらえているカメラですから、あんなふうにてっぺんから下まで転がり落ちてしまうと、その瞬間の映像はないんですよ」

妻は青い顔でうつむいた。当事者を前に、もっと別の言い方はないのかと、俺は憤った。

「じゃあ、ほかのカメラは？」

「はい？」

「写っているのは妻だけだったんでしょう？　だとしたら犯人は、歩道橋を引き返して店に戻ったのかもしれない。同じ時刻の別のカメラを調べれば、不審な人物が写っているかどうかは一目瞭然じゃないですか」

刑事たちは顔を見合わせていた。そして言った。

「そこまでしろと仰る？　仮にその別のカメラに人が写っていたからといって、その人間が奥さんを突き落とした証拠があると？　毎日何人の人間が出入りしているとお思いで？」

「だから、明らかに不審な様子とか、慌てて逃げているふうだとか、そういう態度で分かるんじゃないですか？」

「仮に写っていたとしても、その人間の身元をどうやって調べるんです？」

「どうやってって――それがあなたがたの仕事でしょう？」

俺は懸命に抗議をした。だが、それが精一杯だった。

「奥さんが事故にあわれた時、意識はあったそうですね。その時にすぐに訴え出てくれたら、もしかしたら犯人を捕まえられたかもしれない。こういう事例は初動捜査が肝心です。いや、別に責めている訳じゃないんですよ」

警察は山ほど事件を抱えている。現場の監視カメラをチェックして、犯人が写っていないとなったら、それで捜査終了ということなのだろう。

何よりも、被害届を出した当初の妻の態度が、刑事たちの印象を悪くしているようだった。自分の不注意が招いた結果なのに、被害届を出す人間。妻の態度は刑事たちにそう見えたのだろう。もしかしたら、俺が無理矢理被害届を出させたと思われているのかもしれない。


翌朝、妻はゴミ袋を広げ、次から次に生まれてきたはずの子供のものを投げ入れていた。

母子手帳、子供服、よだれかけ、紙おむつ、ガラガラ、ほ乳瓶——その多くは、俺と妻の両親の、気の早いプレゼントだった。親たちがどれだけ孫の誕生を待ち望んでいたのか、そしてそれがどれほど妻のプレッシャーになったのかが分かる品々。俺はそこまでしなくても、と言い掛けたが、何も言えず黙っていた。

妻が子供用品が詰まったゴミ袋を集積場に出した後、俺は入れ替わりのように、出社のために家を出た。その時ふと、流産したからといって、母子手帳は捨てていいものだったか、という考えが頭をよぎった。

4

俺の実家に、脅迫状が届いたのは、その数日後のことだった。

流産しろ流産しろ流産しろ流産しろ流産しろ流産しろ流産しろ流産しろ流産しろ流産しろ流産しろ流産しろ流産しろ流産しろ流産しろ流産しろ流産しろ流産しろ……

その文面を初めて目にした時、あまりの衝撃に、俺は文字を追うのを止めた。

脅迫状は、今年の年賀ハガキにプリンタで印刷されたものだった。妻の衝撃は、俺の比ではなかったらしく、寝室に引っ込んでしばらく一人で泣いていた。

実家の両親は、妻を突き飛ばした犯人が送って来たに違いない！　と騒ぎ立て、俺に警察に行けと急《せ》かした。もちろん、言われるまでもなくそうするつもりだった。妻はもうあの人たちと会いたくないと言うので、俺は一人で、もうすっかり顔馴染みになった警察署に向かった。またつれない態度で接せられるのでは、と気が気ではなかったが、意外にも刑事たちは今回初めて真剣な面もちで俺に接した。

「これはご実家に送られて来たんですか？」

「はい」

「何故だと思われますか？」

「私の住まいの住所が分からなかったんでしょう。父はいくつかアパートを持っていて、あちこちに物件の広告を出しているんで、私の住まいより住所を探りやすいと思います」

「あなたが今お住まいのアパートは？」

「それは、父のアパートじゃないです。家賃をまけてやると言われましたが、それだと親から完全に自立できていないような気がして」

刑事たちは、俺を後目《しりめ》にひそひそ話を始めた。賃貸物件がらみの怨恨、という可能性、そして、何で年賀ハガキなんだ？　などといった話し声が聞こえてくる。

意外に思ったのは、刑事たちが、その手紙が俺たち夫婦の自作自演とは露ほどにも考えていない様子だったことだ。最初に被害届を出した時には、あんな対応をとった癖に。

思うに、それはこういう理由があるのだろう。

もし自作自演だったら、あまった年賀ハガキなんか使わないはず。便箋でもっともらしい脅迫文を作り上げ、ちゃんと自宅に郵送するに違いない。よくよく考えると、文面もおかしい。いい気味だ、だとか、その手のあざ笑う言葉ならまだ分かる。しかし、流産しろ、と今更言ってどうなるだろう。妻はもう流産してしまったのだ。

あまりにもいびつだ。理屈に合わない。それがかえって真に迫っている。本当に妻、あるいは俺たち夫婦を恨んだ者が書いた脅迫状にしか、刑事たちには思えないのだろう。

それでいい。彼らも本腰を入れて、妻を突き飛ばした犯人を捜すに違いない。

しかし、もし本当に唯が妻を突き飛ばしたとしたら、彼女が警察に逮捕されることで俺の不倫が明るみに出てしまうという不安は、拭い切れず残った。

翌日、俺は、久方ぶりに、唯と、池袋のあのバーで会った。彼女の肌はいつも通り、神秘的な輝きを放っていた。

「久しぶり」

「ちょっと最近、いろいろあって」

「いろいろって？」

悪戯《いたずら》っ子のように笑って、彼女は訊いた。

俺はおもむろに、

「妻が流産した。君には言っていなかったが、四ヶ月だったんだ」

と答えた。

唯は徐々にその笑顔を崩し、やがて完全な真顔になった。

「お気の毒」

と彼女は言った。

(本当にそう思ってるのか？)

その言葉を俺は飲み込んだ。彼女が妻を突き飛ばした証拠など、どこにもないのだ。

「仕事、何やってるんだ？」

「なあに？　今更――」

「小金井公園に来ただろう？　俺があそこにいることは君に教えてないぞ」

彼女は俺の顔をじっと見すえて、

「私があんなことを言ったから、奥さんが流産したって?」

と言った。

「そんなことは言ってない。ただ、君がどうして俺のプライベートを知っているのか、興味があって」

「それと、私の仕事が何の関係があるの?」

俺はモスコミュールを傾け、言った。

「俺は君のことを何にも知らない。でも、君は俺が小金井公園でバーベキューをすることも知っていた。あまりにも、不公平だ」

「そういうことを承知の上で、付き合ってたんじゃないの?」

「妻が同席している友人の集まりに乗り込んでくるとは思っていなかった。なあ、俺と結婚したいのか?　奥さんと別れてって言うのは、そういうことだろう?　仮に別れたとしたって、何をやっているのか分からない女と結婚すると思うのか?」

唯はすぐには答えなかった。

やがて、

「タケルって男、いた?」

と言った。

「ああ。そいつと知り合いなのか？」

「元彼なの」

しばらく、二人とも口を開かなかった。先に沈黙を破ったのは、俺の方だった。

「意外だな」

「そう？」

「君があんなチャラチャラした奴と付き合ってたなんて」

「そうね、浮気者だし。だから別れたんだけど」

「でも、まだ会ってるんだろう？　あのバーベキューのことを知っていたぐらいだから」

「久しぶりに連絡があったの。今付き合っている女——南城萌という女性なんだけど、自殺したからよりを戻さないかって」

「そんな奴と関わりあうのは、もう止めろよ」

俺は吐き出すように言った。

「付き合った女が自殺したら、簡単に元カノに乗り換えるのか？　鬼畜じゃないか、そいつ」

不倫をしておいて、偉そうに他人を糾弾できる立場ではないことは分かっている。しかしあのバーベキューの場で、そんな男と妻が楽しげに話していたのか、と思うと背筋が寒くなった。奴の元カノは自殺し、俺の妻は流産した。不幸を呼ぶ男ではないか。

唯に何もなかったのが、不思議なぐらいだ。

「そのタケルって奴は、どうして俺のことを知っていたんだ？」

タケルに教えられて、唯はあの日、小金井公園に乗り込んできたのだ。つまり唯が俺の愛人であることを、タケルが知っていなければおかしい。

「私はただ、今度、お前を愛人にしているいけ好かないサラリーマンとバーベキューするって教えられただけ。半信半疑だったけど、行ってみたらあなたがいた。私に未練があったみたいだから、あなたのことを尾行したのかも。自分でやらなくても、人を雇うとか、方法はいろいろあるわ」

「タケルの連絡先は知っているのか？」

「一応」

「じゃあ連絡を――いや、いい」

タケルが俺の不倫の証拠を握っているのなら、迂闊に動いて刺激したくない。

あのバーベキューの席での、タケルの言動を思い出した。もし本当に俺を知っているのなら、あいつは意図的に妻に話しかけたことになる。妻に俺と唯の関係を密告することもできた。しかしあいつはそれをせず、妻を尾行し、妻を突き飛ばす行動に打って出た――。

しかし、そんなことをするだろうか。タケルが唯に未練があるのは分かる。俺を快く思わないのもいいだろう。しかし、それと妻を突き飛ばすという行為が結びつかない。妻を突き飛ばして、タケルに何の得がある？

万が一、それで妻が死んでしまったら、俺が唯と一緒になるのを後押しするようなものではないか。

やはり、妻を突き飛ばす動機を持っている者は、現状、唯しかいない。

南城萌という女も、元カノの唯の存在を苦にして自殺した、という考え方もできなくはないのだ。

「しばらく、会わないようにしよう」

「どうして？　奥さんのことは気の毒だったけど、私のせいだって言うの？」

「妻は突き飛ばされたって言っている。嫌がらせのハガキも受け取っている。流産しろっていう脅迫文書だ」

俺はハガキの内容を、唯に説明した。彼女は眉をひそめた。

「品がないって言うか、センスのかけらもないわね。文面もそうだけど、あまった年賀ハガキで送るなんて」

「そんな脅迫文書にセンスも何もないだろ」

「それにしたって、もし私だったら、もうちょっと考えるわ。スミレ色の手紙とか」

「ひょっとして、西野冴子の小説か？」

「そうよ。さすが従弟ね」

西野冴子が宝塚ファンだと誤解されるようになった短編小説だ。とにかく、脅迫状のたぐいなら、それなりに演出したものを、と考えるのが凡人の発想かもしれない。年賀ハガキというのは、そこらにあるものを適当に使った感じで、ある意味リアルだ。

「ひょっとして、私がやったって思ってるの？」

「あのバーベキューに君は突然現れた。悪戯半分だったかもしれないが、それがどれだけ危険か分かっているのか？　それからすぐに妻が事故にあった。君がやったとは言わない。ただタケルが俺を探ったせいで、結果、妻に危害が加えられたとは考えられないか？　偶然とは思えない」

これでは彼女のせいで妻が流産したと言っているようなものだ。これで俺たちの関係も終わりだな、と思った。

だが、そうはならなかった。

「じゃあ、そうじゃないことを証明したら、あなたは満足なの？」

「証明って言ったって、どうするんだ」

「私は奥さんが妊娠していたことも、残念な結果になってしまったことも、知らなかった。仮に私にセンスがないとしても、そんな手紙は書けない。あと、あなたの実家の住所も知らないわ。手紙を送ることはできない」

反論になってないと思ったが、あえて言わなかった。父がアパートの大家で住所を公表していることも、この際関係ない。彼女はタケルから、俺たちが小金井公園でバーベキューをする情報をつかんでいた。妻の妊娠や実家の住所も、タケルから教えられたのではないか。

「西野冴子に相談してみれば？」

と唯は言った。

「どうして従姉に？」

「だって『スミレ色の手紙』なんて小説を書くぐらいだもの。脅迫状には何か意見があるんじゃないの？」

「その小説、有名なのか？」

「ファンには有名だけど、世間一般には、あまり知られてないかな。短編小説ってこともあるけど」

「なら関係ないだろう。ファンしか知らない小説だろう？　それこそファンだったら、無精しないでちゃんと紫色の手紙で送ってくるさ」

「そう」

唯は残念そうな声を出した。西野冴子との面談の席に押し掛けて、サインをねだろうという魂胆か。もちろん、仮に西野冴子に相談するとしても、そんな事態は断固避けなければならない。

5

俺は、唯は犯人ではないのではないか、と考え始めた。

もし唯が、妻を突き飛ばして流産させた張本人なら、彼女はとてつもない役者と言えるだろう。

とてつもない役者なのかもしれない。

とにかく唯が疑わしいのは、動機があるからだ。しかし、それだけで犯人扱いすることはできない。

「流産のことを誰が知ってる？」

俺はそう妻に訊いた。

「あの脅迫状は、君が突き飛ばされたことを知っている者にしか、書けない」

やがては皆に知られるだろうが、こんな悲劇を自分から言いふらす気にはなれない。今の段階では、知っている者はまだ限られているはず。

妻は一時黙って、

「止めましょうよ。そんな犯人捜しみたいなこと。私たちがどうこうしなくたって、きっと警察が犯人を見つけてくれるわ」

そう言った。

果たして、あの警察がこの手の事件をどこまで真剣に捜査するかは分からない。もちろん、警察が本腰を入れて捜査すれば、いずれ妻を突き飛ばした犯人は見つかるだろう。俺はそれを恐れた。唯と不倫していることも、なし崩し的に明らかになってしまうかもしれない。だからその前に自分で犯人を見つけ、被害届を取り下げたいのだ。

「子供は残念だったけど、君が無事なのは何よりだ。しかし、君は現に危害にあっているんだ。また同じような目にあわないとは限らないだろう。自分たちでできることはしておいた方がいい」

「そう言われても、私、自分からそんなことおおっぴらに話さないから」

「じゃあ、妊娠を知っていた者の中で、君にあんなことをしそうな奴は？」

「知らない」

と妻は首を横に振った。

「あのハガキは、私が突き飛ばされた後に送られてきたじゃない。犯人が、子供の命を奪うために突き飛ばしたとは限らないわ」

「流産しろって文面は、君がそうなってしまったから、後付けで書かれたってことか？」

妻は頷いた。

「私にか、お義父さんお義母さんにか、それともあなたにか、分からないけど、恨みのある人間が送ってきたんでしょう。文面なんか何だってよかったのよ。それか、突き飛ばした犯人と、ハガキを送ってきた犯人は別なのか」

このことを言おうかどうしようか迷ったが、カマをかけてみることにした。

「なあ。前に小金井公園でバーベキューしただろう」

「うん」

「ああいう集まりに、行ったことあったか？　その、見ず知らずの人間が集まるような」

「ほとんどないわ。私、社交的じゃないもの」

俺は頷き、せいぜい申し訳ないといった素振りをして、

「可能性は低いかもしれないけど。あの集まりで、変な奴に目をつけられたかもな。正直、俺も誰が誰で、どんな仕事をしているか、よく知らないんだ」

と言った。

「そんな、考え過ぎよ。一回会っただけの人たちじゃない」

「それはそうだけどさ。身近な人間に犯人の心当たりがないなら、容疑者を広げてみるのも手だぜ。人を疑うのはいいことじゃないかもしれないけど、どうせここだけの話だ」

「でも、そんな恨まれる覚えはないと思う」

「タケルって奴、覚えてるか？　なんか胡散臭そうな奴だった」

「確かに、あんまり付き合わないタイプの人だったけど」

「妊娠していることは話したのか？」

「話してないわ。でも、あの人、私にビール勧めてきて。断ったら、あの人、妊娠でもしてるの？　って訊いてきたの。私、否定できなくて笑って誤魔化したんだけど、もしかして、それが──」

タケルが俺を探ってあのバーベキューの場に潜り込んだのなら、当然、何の意味もなく妻に話しかけるはずがない。女に関しては、タケルは経験を積んでいるだろう。そんな些細な会話から、タケルは妻の妊娠を見抜いたのか。

すべては状況証拠しかない。しかし、放っておくと、我が家に第二第三の災厄がふりかかるかもしれない。

タケルの腹を探る必要がある。やはり唯にタケルの連絡先を訊こうと思ったが、すんでのところで思い止まった。彼女もタケルの仲間かもしれない。二人で共謀して、唯を愛人にして弄んだ俺に対して復讐するつもりだとしたら。

タケルと接点がある人間が唯しかいなかったら、それでも俺は彼女にタケルのことを訊いただろう。しかし、もう一人いた。

俺は高原に連絡をした。

タケルは俺たち夫婦にちょっかいを出す目的で、あのバーベキューに参加した。そのためには高原から招待を受けなければならない。つまり、高原はタケルと面識がある。

俺が電話をすると、高原は心底驚いたような声を発した。

『いったいどうしたんだよ』

「何だ？　俺の方からお前に連絡するのが、そんなに不思議なのか？」

『いや、そんなことないけど、でも社会人になってから、全然そんなことなかっただろ』

確かに言われてみればそうだった。高原が人付き合いが趣味でなければ、俺たちは卒業を最後に会っていなかったかもしれない。

「小金井公園でバーベキューした時、タケルって人がいただろ？　お前とどんな関係か知りたくてさ」

『タケル？　どこでって、別に』

高原は言葉を濁した。

「別にって、言えないような関係なのか」

『そんなことない。野毛《のげ》の飲み屋で知り合ったんだよ』

「野毛って、横浜のか」

『ああ』

その程度の知り合いを、大学時代の同級生も来る集まりに呼んだのが気まずいのだろうか。

「変なことを訊くけど、バーベキューに呼ぶ前に、タケルに俺のことを話したか？」

『そりゃ、話したよ。友達に西野冴子の従弟がいるってこと』

俺もある意味有名人なのだ。唯もタケルに、俺が有名作家の親族であることを話したかもしれない。

「なあ。知り合った時の様子を詳しく教えてくれないか」

『そんなこと言われたって、覚えてねえよ。お互い酔ってたし』

高原の少し乱暴な口調で、俺の質問に苛ついていることが分かる。苛つくほどの質問だろうかと思うが、怒らせて情報を聞き出せなくなるのはよくない。

「分かった。じゃあ最後に一つだけ質問させてくれ。タケルと出会ったその店って、お前の行きつけか？」

高原の答えは、予想通りだった。

6

可能性は二つあった。

1　元々タケルは、俺が高原の知人であることを知っていて、接点を作るために、高原の行きつけの野毛の店で彼を待ちかまえていた。

2　タケルは偶然高原と出会い、高原の知人に西野冴子の従弟、つまり唯の新しい恋人がいることを知った。

もちろん、俺は1の可能性を想定していた。しかしこうして考えをまとめると、どうも2の方が自然に思う。1は少々回りくどいような気がする。俺と知り合いたいのであれば、あの池袋のバーで俺を待ちかまえればいいではないか。高原を介入させる必要がどこにある？

その時、俺は唯と初めて会った時のことを思い出した。

もし、彼女が俺の行きつけの店を調べ、待ちかまえていたとしたら。

そんな考えを俺は頭から振り払った。確かに彼女が妻を突き飛ばしたのでは、と疑ったこともあった。だが、それも俺が唯と関係を持ったからだ。妻を突き飛ばすために、俺の行きつけの店を調べ上げ、偶然会ったふりを装うなんて、本末転倒だ。

それ以外の目的で、俺を待ちかまえていたとしたら?

唯と俺は、池袋の行きつけのバーで出会った。

タケルと高原は、野毛の行きつけの飲み屋で出会った。

これは偶然の一致で片づけられるだろうか?

産業スパイの可能性が頭をよぎったが、唯と仕事の話などほとんどしたことはなかった。彼女が自分の仕事を言いたがらないから、いつしか、お互いにその手の話はタブーになっていたのだ。そうでなくても、俺は社内で重責にあるという自覚はない。

俺に特殊な点があるとしたら、西野冴子の従弟であるということしかなかった。

唯は西野冴子のファンだ。手始めに俺を誘惑し、ストーキングの足がかりにするつもりなのだろうか。

いや――。

『西野冴子に相談してみれば？』

その唯の言葉が脳裏にこだました。

タケルは唯の元恋人だ。あまりにも偶然が重なり過ぎている。もし唯が何らかの目的で俺に近づいたとするのなら、それでもいい。ただその目的が人気作家と知り合いたいからだなんて、あまりにも俗っぽいような気がする。

俺は悩んだ末、従姉と会うことにした。俺が西野冴子に相談することを唯が望んだとするならば、彼女の術中にはまったような気がするが、それ以外の選択肢は、今の俺には考えられなかった。

話が話なので、一応、妻に従姉に会うことを伝えた。流産の件を話されるのが嫌ならば、相談するのは止めるつもりだった。

「どうして、あの人に？」

「彼女が書く小説に、紫色の脅迫状を送りつける話があるそうなんだ。何か参考になる意見をもらえるかもしれない」

会うのが嫌とは言わなかったが、ただあまり乗り気ではなさそうだった。

「別に、子供が流れてしまったことを知られるのが嫌って訳じゃないのよ。ただ、あの人、なんか怖くて」

「お正月に会うだけだけど、あんまり表情変わらないし、たまに笑っても目は笑ってないっていうか」

「怖い？」

妻は頷いた。

確かに妻の言うことも分からなくはないが、モノを作る人間はあんなものだろうと、俺は気にも止めなかった。

実家の母に、西野冴子の連絡先を訊き、数日後、俺は指定された都内のホテルのロビーで彼女と会った。こちらから会いたいと頼むのだから、それが筋だと思うし、何より俺の行きつけのバーや喫茶店を使うと、唯が待ちかまえているような気がした。

こうして、面と向かって彼女と会うことはほぼないので、やや緊張した。妻が言った、あの人、なんか怖くて、という印象が少し分かった。

「相談したいことがあるって？」

「うん、仕事で忙しいところ、悪いんだけど」

「で、何？」

世間話もほぼなく、早く本題に入れと言わんばかりだった。俺は、妻が突き飛ばされて流産した事実を打ち明けた。同じ女性だから、さすがに顔色を変えるかと思ったが、特にそんなこともなかった。

「それはお気の毒だったわね。でも、どうして私に？」

「脅迫状を受け取ったんだ」

「脅迫状？」

「ああ。持ってくれればよかったけど、警察に証拠として提出したから、今手元にないんだ」

「コピーを取ればよかったのに」

コピーを取るなんて考えもしなかった。

「流産しろ流産しろ流産しろ流産しろ、って同じ文章が年賀ハガキに繰り返し印刷されていた。気持ち悪いったらない」

「脅迫状の主が、奥さんの流産を望んでいたから、実際に突き飛ばしたと？」

「妻が突き飛ばされたと言っている以上、心当たりはそのハガキの差出人しかないんだ」

「それで私が『スミレ色の手紙』って小説を書いているから相談に来たわけ？　脅迫状が実際に紫色だとしたら分からなくもないけど、そうじゃないんでしょう？」

「うん――」

白石唯という女を知っているか？　という疑問が喉まで出掛かった。だが言えなかった。

不倫相手の存在は、絶対に隠し通さなければならない。

「しかも年賀ハガキだなんて。私だったら、そんな芸のない誹謗中傷はしないわ。もっと気の利いた手紙を送る」

と西野冴子は唯と同じことを言った。彼女だったら実際にやりそうだな、と思って、少しぞっとした。

「別に、君が送ったとは言っていないよ。ただ、何かアドバイスがもらえるかと思って。ああいう推理小説を書いているから」

「アドバイスなんかないわ」

素っ気ない答えだった。

「残念だけど、私は力になれそうもない。でも自分で考えてみたら？　奥さんの妊娠を知っていて、そのショッピングセンター付近で奥さんを突き飛ばせる人間。そう大勢いるとは思えない」

「怪しい奴はいると言えば、いるんだよ。でも何の証拠もない。怪しいってだけで疑うのも罪悪感あるし」

「誰？」

「高原っていう友達の知り合いの、タケルって奴」

「タケル？」

西野冴子が聞き返してきた。俺がタケルを疑っているのは、彼が唯の元彼だからだ。もちろん、それをそのまま教えることはできない。俺は唯が現れたことは省いて、小金井公園でのバーベキューの一件を話した。

「いや、見た目で判断するのはいけないと思うんだけどね。なんかなれなれしいし、妻に言い寄っていた素振りもあったし」

自分で話していて、やや大げさかな、と思った。しかし話を盛ったのは、西野冴子の態度が、タケル、という名前を出した途端に変わったように思えたからだ。

「そのタケルって、ズボンにチェーンをしてない？」

「どうして知ってるの？」

西野冴子は顔面蒼白、といった感じだった。そして俺の質問には答えず、

「一人で来たの？」

と更に訊いてきた。

「付き合っていた女性とかはいなかったの？」

唯の顔が浮かんだが、言う訳にはいかない。

「そんな様子はなかったよ」

「ねえ。そのタケルの写真ないの？」

「高原が撮った写真がメールで来たけど」

「見せて！」

いったいどうしたというのだろう。いつもの冷静な彼女とはまるで別人だ。

バーベキューに参加した全員の集合写真を、西野冴子は食い入るように見つめていた。

「どういう経緯で、タケルはこの集まりに参加したの？」

「高原と、野毛の飲み屋で知り合ったんだって」

「そう――」

西野冴子は小さくつぶやいて、黙り込んだ。何かを考えているようだった。

「知っているの？」

「私の友達、亜美っていうんだけど、その子が今付き合ってる男。でも、多分、遊ばれてると思う。もしかしたら、本命の彼女が別にいるのかも。それで人を殺して回っている」

俺は思わず西野冴子を直視した。彼女も俺を見つめ、

「タケルにつきまとわれた南城萌という女性は自殺した。でももしかしたら、タケルに殺されたのかもしれない。だって、あなたの奥さんを突き飛ばしてお腹の子供を殺すような男だもの」

と言った。どうやら、一瞬にしてタケルは妻を突き飛ばした犯人に格上げされたようだ。

「どうして、その南城萌って女性のことを知ってるの？」

「詳しくは教えられないんだけど、亜美のことが心配でタケルのことを探ってるの。でもまさか、あなたがタケルを知っているとは思わなかったわ。凄い偶然ね」

本当に偶然だと思うか？　その問いかけを、俺はぐっと飲み込んだ。

唯とタケルは、計算ずくで、俺と高原に近づいたのだとしたら。

俺が西野冴子の従弟だから、彼女を牽制するために、俺たち夫婦とタケルを出会わせたのだとしたら。

つまり、すべては、唯と西野冴子の戦いというゲームの、駒だったとしたら。

白石唯の名前が、再び口をついて出そうになる。彼女と別れるまで我慢できるほど自分に忍耐力があることを、俺は今日初めて知った。

7

俺はいつもの池袋のバーに向かった。彼女は、俺が来るのを分かっていたかのように店にいて、ホットウイスキーを飲んでいた。

「俺を待っていたのか？」

皮肉でそう訊いた。

「私は何でも知っているのよ」

唯はそう答えた。

「あなたが西野冴子と話したことも知っているわ」

ぞっとした。初めてこの女を恐ろしいと思った。タケルがキングで、唯がクイーン。俺は二人に操られるポーンに過ぎない。

「それが目的だったんだろう？　西野冴子に相談したら、って俺に言ったもんな」

「そう。だからあなたは彼女に会ったのよ。あくまでも自主的に動いているつもりで」

俺は苦笑し、マスターに唯と同じものを頼んだ。

「初めて会った時もこれを飲んだ。だから別れる時も同じものを飲むのが相応《ふさわ》しいと思う」

「私と別れられるの？」

「利用されていたのに、今まで通り付き合えるはずないだろ」

「あなた、さっぱりとした性格ね。好きよ、そういう男。高原君とは違う」

俺は凍り付いた。

「高原を知ってるのか？」

「別れたくないって、しまいには泣き出したわ。本当に嫌、ああいうの」

俺は言った。

「野毛の飲み屋で高原を待ちかまえてたのは、君か？」

唯は無言で微笑んだ。

タケルなどではなかった。唯は、俺と同じように、高原とも偶然を装って出会ったのだ。

「高原に、あのバーベキューの集まりを開かせたのは、君か？」

「私も行くからって嘘をついてね。簡単だったわ」

そうだ。あの日、高原は、一人だけ急用で来られなかった子がいる、と言っていたではないか。あれが、唯だったのだ。

あの日、突然現れた彼女に、なぜ小金井公園に俺がいることが分かったのだろう、と頭を悩ませたが、分かって当然なのだ。そもそも彼女が企画したのだから。

「タケルは？」

「私が来られないから、弟ってことで代わりに行ってもらったの。あなたにしたような元彼って説明じゃ、高原君が警戒すると思って」

高原は唯と親密になりたいと思って、あのバーベキューを企画したが、彼女は来ず、以降ずっと音信不通なのだろう。唯にいいように遊ばれた高原は、みっともなくて俺には本当のことは言えなかった。タケルとどこで出会ったのか電話で訊いた時に、高原の様子が少しおかしかったのも、きっとそのせいだ。

「どうして俺と高原と違う説明をしたんだ？」

「あなたとはホテルに行ったわ。高原君とは行かなかった。だからよ」

「高原とも行けばよかったじゃないか」

「私にだって男を選ぶ権利はあるわ」

つまり俺は、高原よりも魅力があると彼女に認められた訳か。もちろん、騙されていたことが分かった今、何も嬉しくはなかった。

弟というのが嘘ならば、元彼というのも嘘かもしれない。だがそれを訊いても仕方がない。唯にとってタケルは、西野冴子と戦うためのパートナーだ。その意味で、俺よりも優先順位が高い男。それだけだ。

「高原が集合写真を撮ることも知っていたのか？」

「ええ。あの人、ああいう集まりを開くと、必ず記念写真を撮るのよ。だから私は最初っから行く気はなかったけど」

計画の首謀者は、決して証拠に残るような真似はしないということか。

「これまでのことは全部、西野冴子に、タケルが写った写真を見せるためだったのか」

うん、と頷き、唯はホットウイスキーを口に含んだ。

「そのためだけに、俺と高原を待ちかまえ、あんなバーベキューをやったのか？」

「そうよ。そういう集まりの写真に、偶然、友達の彼氏が写っているのも面白いと思って。あの女、驚いたでしょうね」

そう言って、唯は楽しそうに笑った。

俺は西野冴子の顔面蒼白の表情を思い出した。そして唯は、俺がこの一連の会話の内容を、西野冴子には決して言わないことを知っているのだ。

自分が不倫をしたなどと。

高原より魅力があるなんてとんでもない。彼女が俺と関係を持ったのは、俺が妻帯者だからだ。そうすれば弱みを握って、俺の口をふさぐことができるからだ。

「でも、妻は関係ない」

「そうね」

といけしゃあしゃあと唯は言った。その瞬間、俺は初めてこの女に殺意を覚えた。

「関係ないなら、なんで妻を流産させた？」

「私は知らないわ」

「そりゃ、狡猾な君のことだ。自分でやったんじゃなくても、誰かを操ったんだろう」

唯は両手で持ったホットウイスキーのグラスを見つめ、初めて微笑むのを止めた。

「疑われて悲しい、なんてことは言わないわ。あなたを利用したんだから、疑われたって仕方がない」

「まだ、そんなことを言うのか？　妻が流産したから、俺は西野冴子に相談しに行ったんだぞ。その流れでタケルの写真を見せた。君の計画に決まっている」

「奥さんが襲われて私を疑っているから、それを利用してあなたを西野冴子に会いに行かせただけ。もしそんなことがなかったら、西野冴子にバーベキューの写真を見せなさい、とそれこそ脅迫状でも送るつもりだった。私との関係を奥さんにバラすと言えば、あなたは私の思うがままよ。奥さんを襲うメリットは、私にはないわ」

彼女の言葉を信じている自分がいた。彼女は高原と俺を操り、タケルの存在を西野冴子に知らせた。知能犯のやり方だ。それと、妊婦を突き飛ばすという乱暴で卑劣な行為が結びつかないのだ。

「私の目的は、あくまでも西野冴子よ。あなたは彼女の従弟。だから近づいた。奥さんには何の恨みもない」

俺の従姉の西野冴子に、タケルが参加したバーベキューの写真を見せる、ただそれだけのために今回のことを仕組んだとしたら。つまり唯は俺に抱かれながらも、俺への愛情などこれっぽっちもなかったとしたら。妻に危害を加える動機は、そもそも存在しないことになる。

「じゃあ、誰が――」

俺は自分に言い聞かせるように、つぶやいた。

「私の考えを言っていい？」

俺はその質問に答えなかったが、唯はかまわず話を続けた。

「あの脅迫状の文面よ。流産してざまあみろ、とかそういうハガキだったら分かるのよ。でも文面は、流産しろ、でしょう？　まるで、まだ奥さんが流産していない時点で書かれた手紙に思える」

俺は彼女が何を言い出すのか、固唾《かたず》を呑んで聞いていた。

「もし脅迫状の差出人と、奥さんを突き飛ばした犯人が同一人物であれば、犯人は奥さんを流産させる目的で犯行に及んだことになる。でも、突き飛ばして流産させるなんて確実性が低いと思わない？　結果としてそうなったけど」

「確実に流産させる方法なんてないだろ」

「そう、そこよ。脅迫状を送ってきた人間が、奥さんを突き飛ばして流産させたとしたら、あまりにも話が出来過ぎてるわ」

「だから、別人だと？」

「はっきりしたことは私には分からない。でも、逆なのは確かなんじゃないかな」

「逆？」

「犯人は、単に奥さんが憎くて突き飛ばした。その結果、流産してしまった。だから、流産しろ、って脅迫状が存在することになった」

「妻の流産を知った犯人が、タイムマシンで過去に遡って脅迫状を書いたとでも言うのか？」

唯は笑った。

「何言ってるの？　脅迫状は、奥さんが突き飛ばされた後に送られて来たんじゃない」

そうだ、俺には分かっている。そんなことは、十分過ぎるほど。

「どうして、脅迫状が年賀ハガキで来たと思う？」

「適当にそこらにあったハガキを使ったからだろう」

「違うわ。年賀状なら、消印がないからよ」

俺は黙った。

「脅迫状を書いた犯人は、ポストに投函せずに、そういえば、お正月にこんな年賀状が来てたって後から言い出すつもりだったのよ。そうすれば、自分が何者かによって突き飛ばされたという主張が、より強固になると考えた。だからあんな文面なのよ。あくまでも流産する前に送られてきた年賀状、という体裁でなければならないから」

「妻の自作自演だって言うのか？　あの脅迫状はちゃんと郵送されて来たんだぞ。消印だって押されてた」

「そう。年賀ハガキに消印が押されないのは一月七日まで。それを過ぎたら消印を押される。ポストに投函してしまったら水の泡。それに脅迫状は、あなたの実家に送られた。奥さんが送り主だったら、そんなことをする意味がないわ」

「だったら――」

「奥さんは脅迫状を作っただけよ。送ったのは別人でしょう」

しばらく、俺たちは黙った。俺が口を開かないことに業を煮やしたのか、唯は言った。

「年賀状なら、消印がなくても不自然じゃない、って奥さんは考えたんでしょう。でも、宛先を印刷しようと思った時に気付いた。消印がなくとも、郵便局はそのハガキが使用済みか未使用か、すぐに判別できるって」

「使用済みのハガキにはバーコードが印刷されている。たとえ目に見えなくとも」

俺はそう、唯の言葉を引き継いだ。

「そうよ。警察の科捜研が調べれば、郵送されたハガキではないと見破られる。そのことに気付いた奥さんは、ハガキを捨てたのよ。脅迫状は、本来送られるべきものではなかった」

その文面を初めて目にした時、あまりの衝撃に、俺は文字を追うのを止めた。

俺は必要のなくなった母子手帳は役所に返却しなければならないのでは、と思っただけだった。実際はそんなことはなく、自由に処分してかまわないという。しかし、俺はゴミ袋の中で、衝撃的な、あのハガキを見つけた。

「実家に送ったのは、自宅に送ることのできない理由があったから。もし自宅に送ったら、そのハガキは十中八九奥さんが手に取る。即座にもみ消されるに違いない。もちろん会社勤めをしているから、あなたが受け取ることもできない。だから、一番騒ぎそうな人たちに脅迫状を送ったのよ。楽しみにしていた孫の命を奪われた、あなたのご両親に」

俺は今度こそ、沈黙した。

俺をいいように操った唯は、俺の小さな罪をも見抜いていた。所詮、俺が敵うような女ではなかったのだ。

「警察は、奥さんが転倒した階段の監視カメラしかチェックしなかったんでしょう？　たとえそのカメラに犯人が写っていなくても、あちこちにある監視カメラを解析すれば、犯人は見つかるはず。でも警察は、奥さんが自分が突き飛ばされたことをすぐに言わなかった、という理由で、捜査を怠った。あなたも奥さんも、理不尽だったでしょうね。だから奥さんが脅迫状を書き、あなたがそれを送った。やっぱり相性がいいのよ。あなたたちは」

あのハガキを家の中で見つけたのなら、俺は脅迫状を送ろうなどとは思わなかっただろう。だが、集積場のゴミ袋から見つけたのだ。俺が投函したという証拠はない。

今となっては、馬鹿なことをしたと思っている。でも、その時は、そうするしか選択肢はなかった。

「結局、誰が妻を突き飛ばしたんだ？」

「そこまでは分からないわ。単なる事故だったのかもしれないし、本当に突き飛ばされたのかもしれない。とにかく、あの脅迫状で警察が本格的に捜査に乗り出した以上、いずれ明らかになるでしょう。それが目的だったんでしょう？　あなたたち夫婦の」

本当だろうか、と俺は思った。唯は、妻を突き飛ばした犯人をも見抜いているのではないか。でも、それを言わないのが、俺への唯一の慰めだと思っているのではないか。

唯は立ち上がった。

「少なくとも、あなたじゃないわね。あなたは奥さんが転倒した時刻、出社していたんだから。アリバイは完璧。とにかく、これでお別れよ。後はあなたがた夫婦の問題」

君のせいだ、という言葉が喉まで出掛かった。

妻は俺の浮気を疑っていた。子供ができたとしても、今の俺たちの関係では、育てる自信がなかったのだろう。子供が流れてしまった時、不注意か、それとも誰かにやられたのか、煮え切らない態度を取っていたのは、これをチャンスに、俺の不倫を日の目にさらしたいと考えたからではないか。

そして妻は、あの脅迫状のアイデアを思いついた。あのような脅迫状を送れば、警察は真剣に捜査をするはず。必ず夫の交際関係も洗われるだろう。

だが『流産しろ』という中傷は、実際にハガキに印刷すると、頭の中で思い浮かべたそれよりも、何倍もの禍々しさを放っていた。妻はその言葉に恐れを抱いた。だから計画を中止し、ハガキを捨てたのだ。

それを俺が拾って、実家に送った。

被害届を取り合わなかった刑事たちが憎かったから。

警察に本気で捜査させることが、妊娠した妻を放っておいて不倫にかまけた、自分に対する罪滅ぼしだと思ったから。

そして、ろくに捜査をしない警察に憤っている、というパフォーマンスをしたかったから。

子供が死んで肩の荷が下りたことを、誰にも知られたくなかったから。

「今回のことをネタに、あなたをユスるなんてことはしないから、安心して。もうこれで本当に最後だから。ね、マスター？」

唯に話しかけられた店のマスターは、

「はい。あのお客さんは、ずっとお一人でお酒を飲んでいました」

と答えた。

「奥さんによろしくね」

そう言って彼女が店を出て行った後、俺はホットウイスキーから立つ湯気をぼんやりと見つめていた。唯の残り香も、強いウイスキーの香りで消されて、ほとんど残っていなかった。

やはり幻の女だったのかもしれない、白石唯は。

8

俺は件のショッピングセンターに足を運んだ。実家の近くにできたことは知っているが、買い物になど興味がなかったから、今まで一度も行ったことがなかった。

国道に面した方が正面で、いわゆる車での利用客を見込んだ郊外型店舗だ。実家や駅からは、ショッピングセンターの裏手から行った方が近く、妻や母も、正面から店内に入ることはほぼないと言う。

裏手にも幹線道路が走っていて、店舗に入るためには横断歩道を渡らなければならない。ただ二階フロアに直接つながった歩道橋が設置されていて、信号を待たずに店内に入れる。

『来た時は信号を待って横断歩道を渡るけど、帰る時は一階まで下りるのが面倒だから、歩道橋を下りるの』

そう妻が話していたように記憶している。

歩道橋の階段には、上りのエスカレーターしか併設されていないので、帰る時には階段を下りなければならない。

俺はエスカレーターに乗って、歩道橋を上った。そして振り返って、地上に続く階段を見下ろした。

夕方で、薄暗いこともあって、数十段にも及ぶであろうそれは、まるで奈落に続いているかのようだった。

こんな所から転がり落ちたのだ、妻は。どれだけ痛かっただろう。そして、恐ろしかっただろう。俺の不倫を明るみに出そうとする意図がなくとも、頭部に損傷を負わずとも、こんな目にあったら精神的に動揺して、転倒時の証言が曖昧になる気持ちもよく分かった。あんなハガキを送ろうとした気持ちも。

唯に、妻の代わりに俺があのハガキを送ったことを見抜かれた時は、馬鹿なことをした、と思った。証拠を捏造したのだから、警察に発覚した場合ただでは済まないだろう。しかし今は、やはり馬鹿なことをしてでも、妻をこんな目にあわせた人間を罰したいという気持ちを改めて強くした。

ここに来たのは、妻が転倒した場所を一度見ておきたかったからだった。しかしせっかくだからと、俺は二階フロアからショッピングセンターに入った。パスタの店、カフェ、映画館、電器屋、楽器屋、ＣＤショップが目に入る。通路にはカプセルトイの機械が並び、母親に手を引かれた子供が、物欲しそうに眺めている。

俺は当て所《ど》なく歩き出した。この時間帯は、やはり主婦や子供が多い。まっすぐ歩いて外に出ると、そこは屋外通路だった。見下ろすと下には大きな円形の広場があって、このショッピングセンターはそれをぐるりと取り囲むような形になっている。

俺は手すりにもたれかかりながら、しばらく外の風に当たっていた。この空の下のどこに今、白石唯はいるのだろう。どこにいても、きっと西野冴子と戦う準備をしているに違いない。でも俺は従姉にその警告をしてやることもできないのだ。

下にはベンチやテーブルがあって、買い物客たちが何か食べたり飲んだりしている。どうやらファストフードなどの店が集まったフードコートがあり、そこで買ったものを外で飲み食いしているらしい。

いつまでもここにいても仕方ないから、俺も軽く食べて帰ろうかとエレベーターで下に降りた。一階フロアのフードコートには、あちこちに小さな子供たちがいた。泣いたり、走り回ったりして親を困らせたり、無我夢中でデザートのようなものを食べている。俺は思わず唇を嚙んだ。

俺にもあんな未来が訪れるはずだった。子を生《な》してくれる妻を蔑《ないがし》ろにして、唯の肉体に溺れた報いだ、と思った。

その時、向こうにスーツを着た一人の男が目に入った。席に座って、何をするでもなくぼうっと、ファストフードのコーヒーだろうか、紙コップを見つめている。

その瞬間、まるで体に電流が走ったかのようだった。

兄だった。

どうしてこんなところに。再就職の活動をしているのではないのか——。

俺は息を吞んだ。思わず辺りを見回す。サービスカウンターがあったので、そちらに小走りで駆け寄った。中にいた案内嬢はにこやかな顔で俺に会釈をした。

「あの、すいません。あなたはここにいつもいるんですか？」

そんな質問をされたことはないらしく、きょとんとした顔をされた。

かまわずに俺は訊いた。

「あそこにスーツを着た男のお客がいますよね？　あの人に見覚えはないですか？」

すると、

「お身内の方ですか？」

と聞き返してきた。その言葉で、俺はすべて察した。

「ちゃんとした身なりの方ですし、商品を買っていただいているので、特にお声をかけてはいないのですが」

俺は礼を言って、逃げるようにその場を後にした。

それから携帯で妻に連絡をした。

「あの事故のあった日、フードコートに行ったか？」

『何よ、いきなり』

「行ったのか？　行ってないのか？」

妻はしばらく黙って、

『行ったわ』

と後ろめたそうに答えた。兄と会ったことを黙っていたのか、と思ったが違った。

『一人でクレープ食べたのよ。美味しそうだったから——でも、今更そんなこと責めなくたって』

「いや、いいんだ。帰ってから話す」

そう言って、俺は電話を切った。

どうせ黙ってはいられないのだ。妻が作り、俺が送った脅迫状で、警察は本格的に捜査を始めている。あのスーツ姿だ、このショッピングセンター中の監視カメラを子細にチェックすれば、兄が犯人か否かは、いずれ判明するに違いない。

不器用で内気な兄は、就職活動が上手くいっていないことを両親に言えず、毎日ここで時間をつぶしていたのだ。

あの日、兄は偶然ここで妻を見つけた。そして妻を尾行し歩道橋で発作的に突き飛ばした。

俺は正社員で、妻を娶《めと》り、もうすぐ父親になり、家を建てられる見込みもある。たったそれだけで人生の成功者なのだ。実家暮らしで、結婚の予定もない、求職中の兄にとっては。両親や親戚の視線が、どれだけ兄にとってプレッシャーだっただろう。どれだけ俺たち夫婦が疎ましかっただろう。その上、弟夫婦に子供まで生まれたら、自分は長男の面目丸つぶれだ。

そんなことはないと言いたかった。しかし、問題なのは俺がどう思っているかではなく、兄がどう思っているかだった。

思えば、実家を出てから、兄弟で腹を割って話したことなど一度もなかった。そもそも、一緒に暮らしていた時期も、話などろくにしなかったかもしれない。正月に会った時に、俺は一度でも兄の顔をちゃんと見ただろうか？

報いだ。

白石唯との不倫に溺れた罪悪感を消すかのように、きっと俺は、無意識の内に妻がいることを、もうすぐ子供が産まれることを、嬉しそうにアピールしていたに違いない。

こんな子供たちであふれ返るフードコートで毎日時間をつぶしている兄は、いったい何を考えているのだろう。兄にだって、少し勇気を出せば、結婚するチャンス、子供を作るチャンスを手に入れることができたはずだ。でも兄はそのチャンスを逃した。その腹いせが、嬉しそうに幸せを誇示している、弟の家族に向けられたとしたら。

すべては、仮定の話だ。

俺の妄想。

それが正しいか否かは、いずれ分かる。

沢山の子供たちの間を走り回る、幻の子供を見たような気がした。男の子だろうか、それとも女の子だろうか、生まれなかった兄の、そして俺の子供。彼らに、今、復讐されているのだ。俺はそう思った。

第三話　月の裏文明委員会

プロローグ

一度は、タケルのことは忘れようと決めた。だが、そうもいかなくなった。

従弟の妻が、買い物の帰りに歩道橋から転落し、流産してしまったという。彼女は脅迫状を受け取っており、誰かに突き飛ばされた可能性が高いようだ。

私は従弟に相談を持ちかけられ、都内のホテルのロビーで彼と会った。

「何かアドバイスがもらえるかと思って。ああいう推理小説を書いているから」

などと従弟は言った。

「アドバイスなんかないわ」

私はそう素っ気なく答えた。残念がると思ったが、そんなこともなかった。だったら、何故わざわざ相談しに来たのだろう。

「怪しい奴はいると言えば、いるんだよ」

「誰？」

「高原っていう友達の知り合いの、タケルって奴」

「タケル？」

あまりの驚きに、私は二の句が継げなかった。タケルは従弟のバーベキューの集まりにまで顔を出したというのだ。

タケルの狙いは実は私ではないか。私をストーカーするために、亜美に声をかけたのではないか。

私は亜美に電話した。前回、喧嘩別れのようになってしまったので出てもらえないかと思ったが、杞憂だった。

『あなたに近づくために、タケルは私と付き合っているって言うの？　何のために？』

私は返事に困った。

しかし、タケルは私の私生活のあちこちに顔を出しているのだ。偶然とはとても思えない。

「また、あなたの彼氏に会わせてくれない？　私に会わせるのが嫌なら、あなたが直接話をつけてくれてもいいわ」

話しているうちに、亜美は泣き出してしまった。

『最近、彼と連絡がとれないの』

「家に行ってみたら？」

『駄目よ。どこに住んでいるか知らないもの』

「家に行ったことないの？」

『うん。代々木に住んでいるとは言っていたけど』

タケルは私と会うために、亜美を使い捨てにしたのだろうか？

私は、タケルと何らかの関係があると思われる女性の名前を口にした。

「ねえ、亜美。白石唯って女性、知ってる？」

すると私がそう言った瞬間、

『知らないわ！　あんな女』

と亜美は叫んだ。

私は思わず息を呑んだ。

1

「――だから月は自転と公転の周期が完全に一致しているから、決して裏側が見えないんです。別にその裏側でナチスが生き延びてて、UFOで地球に戦争をしかけてくる、なんて話を書く気はありませんよ。そういう映画があったけど。月の裏っていうのは、人間の目の届かない秘密の空間には、想像しうる、ありとあらゆる無限の可能性が潜んでいるってことのメタファーなんです」

僕は、その言葉に適当に相槌を打ちながら、どうやって彼を追い返そうか、そのことばかり考えていた。

彼――浦田《うらた》和男《かずお》は、いわゆる異説、奇説をテーマにした小説を書きたがっていた。地球は実は平面であるとか、地球は空洞で中に地底人が住んでいるとか、その手の妄想を信じている人々の間で事件が起こる。つまり、その異説、奇説は、事件を象徴するメタファーに過ぎず、作品自体は現実的な推理小説という訳だ。

伝奇小説やSF小説は売れないから、推理小説ならば出版できると浦田は思っているだろうが、残念ながら、彼の小説も伝奇小説やSF小説以上に売れていなかった。

先日出版した異説、奇説シリーズ第一弾『地球平面委員会』は、エラリー・クイーンの孫の大三郎・クイーンが探偵役、というふざけた設定が本格ミステリファンの怒りを買い、加えてオチがくだらないことからまったく売れなかった。

そのことを浦田に伝えても、彼はまったく悪びれることなく、一作目の売り上げが悪くても、二作目、三作目で持ち直したシリーズはいくらでもあります、などと言う。それはその通りなのだが、そういうシリーズは元々作品が売れている人気作家なのだ。

「今は量子力学を利用して密室を作るなんて当たり前でしょう？　もう糸でカンヌキを操る時代じゃないんだ。事件を観察する人間が事件に影響を及ぼす時代なんです」

「いや、おっしゃることはよく分かりました。でも、そのテーマを描くなら、必ずしも月の裏にこだわる必要はないですよね？　普段見えない場所、目の届かない場所なら何でもいいんだから」

「いや、月の裏だから雰囲気が出るんですよ。ピンク・フロイド聴きながら構成練ってるんです」

有名なアルバム『狂気』のことだろう。原題が『ダークサイド・オブ・ザ・ムーン』であることは、音楽に詳しくない僕だって知っている。それがどうした、というのが本音だった。

「でもどうして『月の裏文明委員会』なんです？　次作は『地球空洞委員会』と仰っていたように思いますが」

もちろん、月の裏だろうが地球空洞だろうが、一作目がコケたのだから、続編などありえない。ただ順番としては、地球平面の次は地球空洞の方が綺麗だと思う。

「実は『地球空洞委員会』のオチは、ファンタジーというか、ちょっと観念的なんです。どうしようかと思っていると、彼女がアドバイスしてくれたんです。別に地球にこだわる必要はないって」

「彼女さんがいらしたんですか？」

初耳だった。

「浦田ファンのオフ会で知り合ったんです。それで付き合い始めて」

ファンに手をつけたのか。売れなくても、本格ミステリの作家にはマニア的なファンがついているものだ。

「とりあえず、梗概だけでも読んでいただけませんか？」

「まあ、それはもちろん――」

言葉を濁しながら、僕はクリップで留められた、数枚の用紙を繰った。異説、奇説シリーズの続編は出版できないから、プロットのアラを探して体よく断ろうというつもりだった。

だが、一枚目から、僕の目は梗概に釘付けになった。

『地球平面委員会』の主人公、大三郎・クイーンの家の近所に、謎の女が越してくることから物語は始まる。

女はシングルマザーで男の子と二人暮らしだ。子供はまだ言葉を覚えたての、二歳ほど。可愛らしい子だと思うものの、道で会えば挨拶する程度の間柄で、特別な関心はない。重要な事件を抱えていたからだ。

大三郎・クイーンは、彼が通っていた大学にはびこっていた、地球が平面だと信じる『地球平面委員会』を壊滅させた実績を、ある匿名の人物から評価される。そして新たに、月の裏に文明があると信じる『月の裏文明委員会』の打倒をその人物から依頼されていたのだ。

物語の中盤、匿名の依頼者の正体が明らかになる。依頼者はあの、シングルマザーだった。大三郎がちゃんと仕事をしているか監視するために、わざわざ近所に越してきたのだ。

そして彼女は、大三郎が三年前に一度だけ関係を持った、行きずりの女でもあった。『月の裏文明委員会』のリーダーは彼女の父親で、そして、子供は大三郎の息子だというのだ。

「結末は？」

「いや、結末まで教えたらネタバレでつまらないでしょう？　それに書いているうちに話が変わる可能性があるから。最後まで梗概にするのはちょっと」

へらへらと笑いながら、浦田は言った。

「彼女さんがアドバイスしたって言っていましたよね？　どこまでかかわっているんですか？」

そう問うと、浦田の顔が曇った。

「正直、プロットに関しては共作みたいなものです。二人で話し合って考えたから。だから『地球平面委員会』みたいなことにはならないと思うんです。あれはちょっと僕の趣味が入り過ぎてるって彼女からも叱られて」

「このシングルマザーっていうのは、どういう意味なんです？」

「どういう意味？　だから、その子が大三郎の息子で話にかかわってくるっていう――」

浦田はしどろもどろで答えた。彼の性格は分かっている。深くは考えていないのだろう。

偶然の一致か。それとも、そうでないとしたら――。

一緒にプロットを作ったという、浦田の彼女が関係しているのだろうか。

冷静に考えれば、いくらマニア的なファンがつくと言っても、特に見た目が良い訳でもない売れない作家に、急に恋人ができるだろうか。

僕はいささか自意識過剰な想像をする。

その女は、僕が浦田の担当だから、彼と付き合い始めたのではないだろうか。

浦田にこんな梗概を書かせ、僕に読ませるために。

つまり、当てつけだ。

ということは、浦田の彼女とは——。

「あの、別に、彼女も共作者だから、印税を倍にしたいとか、そんな面倒なことは言いませんから」

その浦田の発言に我に返る。

確かに、今読んだ梗概は、僕の私生活に重なる部分がある。だが、浦田の彼女が僕に読ませるためにそんな梗概を書いただなんて、あるはずがない。僕はそう自分に言い聞かせる。

2

今度は最後まで梗概を書いて持ってきてください、と浦田をいなして帰らせた後、僕はメールをチェックした。

担当している作家から一通届いている。西野冴子。新刊を出せば、初版三万部、増刷して累計五万部はかたい。今の時代、それだけ本が売れる作家は貴重だ。浦田も、せめて累計で三万部はいってくれれば、いくらでもこちらから彼のアパートに出向くのだが。

西野冴子からのメールは、これこれこういう資料を集めてくれとのことだった。資料集めや取材の準備も、編集者の大切な仕事だ。ロジックよりも情緒が優先される作風の彼女らしく、資料や取材がまったく作品の内容に反映されないこともざらだ。しかし、早急に揃えて送ると返信する。

それが終わると他の作家のゲラのチェックだ。今日も泊まりになるだろう。メール一本入れれば妻は何も言わない。

以前、家に帰りたくないから、無理にでも仕事を詰め込んでいるんだろう、と揶揄《やゆ》した同僚がいた。そんな彼に、僕は言ってやった。

「その通りだよ。妻とはもう何年も関係がない。だから妻は欲求不満で浮気をしている。相手は多分、通っているジムのインストラクターだ。娘は小学五年にして摂食障害になって、二階の自分の部屋に近所のコンビニで買った食べかけの食い物を溜めこんでる。おまけに最近不登校気味だ。そんな問題だらけの家に帰りたくないんだよ。分かったか？」

それで彼は、もう何も言わなくなった。その噂が広まったのか、彼だけではなく、他の社員たちも僕を同情の目で見る。

社内で家族の恥をさらして恥ずかしいという気持ちはもちろんある。しかし僕は、できるだけ家に帰りたくないと周囲にアピールする必要があったのだ。

妻が浮気しているなんて、本気で疑ってはいない。確かにジムでハンサムなトレーナーと仲良く話している妻を見た時、嫉妬に襲われた。だがそれだけで何の証拠もない。娘の拒食症もちょっとダイエットをやり過ぎただけだろう。痩せてしまったから、学校に行き辛くなっているのかもしれない。思春期の子供に、親がとやかく言うと反抗されるから、様子を見るのが一番いいのだ。

家族の中で、一番問題を抱えているのは、紛れもなく僕だ。

半年前、家の近所にシングルマザーが越してきて、我が家に子供連れで挨拶に来た。可愛らしい男の子だった。

ベリーショートの髪形が印象的な彼女の美貌を目にした瞬間、僕は今までの人生で積み上げたものが、ガラガラと崩れる音を確かに聞いた。

彼女は、三年前に池袋のあるバーで出会い、数ヶ月だけ付き合った、不倫相手だったのだ。当時彼女はセミロングだった。髪形が変わっていたので、すぐには気付かなかったのだ。

復讐のために来たのだと、思った。僕の家庭を滅茶滅茶に壊すために現れたのだと。

だが予想に反して、彼女は挨拶をしただけで去っていった。

「通りの向こうなのに挨拶に来るなんて律儀な人ね。この町内のお宅全部に挨拶する気なのかしら」

妻も、新しいご近所さんが夫の過去の浮気相手だとは夢にも思っていない様子だった。

数日後、近所のコンビニで彼女と鉢合わせした。いや、彼女のことだから、僕が来るのを予想して待ちかまえていたのかもしれない。

「安心して。あなたの家庭を壊す気なんかないから」

と彼女は言った。こうして家の近所に越してくることが壊していることになるんだ、と言いかけたが、一時の欲望で彼女の身体を弄んだ罪悪感と、人目を引きたくないと保身に走り、抗議の言葉を飲み込んだ。

ただ一言だけ訊いた。

「僕の子供か？」

「そうよ」

だから僕は、あの街に帰りたくなかった。彼女がありとあらゆる手段を使って、僕の家を見張っているような気がした。

彼女は確かに何もしてこないだろう。ただ彼女は、自分では手を汚さず、こちらが自滅するのを待っているのだ。僕が罪悪感とプレッシャーで生活を破壊する様を近所から眺めて、ざまあみろ、と言いたいだけなのだ。

そうでなければ、何故わざわざ僕の自宅がある町内に引っ越してくるのか。

そして何故、大三郎・クイーンに『月の裏文明委員会』の壊滅を依頼したのが、彼が三年前に一度だけ関係を持った、シングルマザーという設定なのか。

もちろん、偶然の一致かもしれない。彼が一人でこの梗概を考えたというのなら、僕はこれ以上この問題を追及しなかった。しかし何故、今回に限って恋人がプロット作りに協力するのだろう。僕の知る限り、彼と一緒に仕事をしてきて、こんなケースは今までなかった。

浦田の恋人とは、あの女ではないか。

浦田を誘惑し、彼を通して僕を牽制する意図があるのではないか。

さすがにそこまで——と思わなくもない。だが冷静に考えれば、元不倫相手の家の近所に引っ越してくること自体、常軌を逸しているのだ。僕を自滅させようと企んでいるのなら、あらゆる手練手管を駆使しても不思議ではない。

それを確かめることは簡単だった。

僕は浦田の携帯に電話をした。

『はい。どうしました？』

やけに明るい声で浦田が出た。簡単な用件ならメールで済ますことが多いので、何か特別な電話だと思ったのだろう。

「『月の裏文明委員会』の件ですけど」

『書いてもいいですか⁉』

「いや、彼女さんと一緒にプロットを作ったと仰ったけど、そういうのって今回が初めてですよね？」

『もちろんです。だから今回は今までの作品よりも面白いはずです！』

「まあ、そう信じたいですけど、一度、その彼女さんと三人でお話しできませんか？　作品の意図とか、読者にアピールするポイントとか、いろいろお尋ねしたいんで」

もちろん浦田は二つ返事でＯＫした。後日、僕は二人と、社内のカフェテリアで会った。

そしてホッとしたような、拍子抜けしたような複雑な気持ちになった。

浦田が連れてきた女は、僕の近所に引っ越してきたあの女とは、似ても似つかなかったからだ。

梶夏子《かじなつこ》という蒲田の恋人は、初めて訪れたという出版社に萎縮し、終始おどおどとして、こちらと目を合わせない、長い髪の女性だった。服装も少女趣味の野暮ったいロングスカートで、どことなく垢抜けない。

「どうして『月の裏文明委員会』なんて話を思いついたんですか？　普通の発想じゃ、なかなか出てこない話だと思うんですけど」

「あの、私、シュレディンガーの猫とか、そういう話が好きで、見えない場所ってどうなっているか分からないっていうのに、凄い興味があって、そしたら月の裏側ってどうなっているか分からないってことを聞いて、それでその話を浦田さんにしたんです」

「はあ、なるほど」

梶夏子はどこまでも朴訥《ぼくとつ》とした印象だった。この梗概に過剰反応した自分が、少しバカバカしく思えてくる。こんな女性に、人を騙すとか、陥れることができるとは思えなかった。

「そのシュレディンガーの猫というのは、誰に教えてもらったんですか?」

「はい? いえ、教えてもらったというか、本で読んだんですけど。SF小説にはよく出てきますから」

「はあ、そうですか」

それでも僕は、あの女と梶夏子の間に何らかの関係があると思えてならなかった。あの女はしたたかだ。梶夏子のような素朴な女は、どうにでもコントロールできるだろう。

ただ、それを梶夏子に問い質すのはためらわれた。ここには浦田がいるし、そうでなくとも不倫相手のことを第三者に話すことなんてできない。何とか上手く聞き出す方法はないものか——。

「ところで、お二人はオフ会で知り合ったと仰っていましたが、そういうのって頻繁にやられるんですか？」

「SNSで知り合ったファン同士のオフ会です。その時が初めてかな」

答えたのは浦田だった。

「梶さんが企画されたんですか？」

そう訊くと、梶夏子は滅相もない、と言わんばかりに、過剰に手を振って否定した。

「私じゃなくて——さんです。あの人が声をかけて、池袋で会ったんです」

「池袋、ですか」

何だか嫌な予感がした。名前がよく聞き取れなかったが、本名ではなく、いわゆるハンドルネームらしい。

「そういうオフ会って、どういうところで会うんですか？」

「最初は居酒屋だったけど、二次会がバーだったよね。確か？」

浦田の言葉に、梶夏子は、うん、と頷く。もちろん僕は、あの不倫相手と初めて会ったバーのことを思い出していた。

「SNSのオフ会ってことは、写真とかもアップされていたんですか？」

「ええ、もちろん」

浦田のSNSなど興味がないから、そんなオフ会が開催されたことも知らなかった。僕は何気なくスマートフォンのSNSのアプリを立ち上げ、浦田の投稿をチェックした。件の写真を探そうとしたのだ。だが、なかなか見つからない。

「そのオフ会って、いつのことですか？」

スマートフォンの画面に視線を落としながら、訊いた。

「もう一年ぐらい前のことかなあ」

浦田は答えた。なら、だいぶ以前の投稿だ。

浦田和男はデビューして、もう二十年近くなる。それだけの長きに亙《わた》って、出版業界にしがみつける程度には売れているのだ。才能がないとは言えないかもしれない。

僕も彼を担当して長い。あの女と付き合っている時は、担当している作家の名前を得意げに語ったものだ。一流の作家は多忙だ。西野冴子クラスの中堅どころも接触しづらい。

それで浦田が選ばれた。他の作家に比べれば暇だろう。マニア的なファンもそこそこいるからオフ会を開きやすい。

「その書き込みを見たいんですか？」

浦田が訊いた。必死でスマートフォンを操作しているように見えたのかもしれない。

「え、ええ。写真もアップされているって仰ったから。読者層を知っておきたくて」

「なら、僕の携帯に写真が保存されてますよ。ＳＮＳに載せたのは、加工して僕以外の顔を隠しているので分かりにくいかもしれない」

そう言って、浦田は自分のスマートフォンでオフ会の写真を見せてくれた。

バーではなく、居酒屋で撮った写真のようだった。

浦田を中心として五、六人の男女が写っている。年齢層は、二十代から三十代ほどだろうか。そして僕は、その中に、あの女を見つけた。

「何とかさんはどなたなんですか？」

「――さんですか？　この人です」

浦田の指先は、僕の視線の先にいる人物を指した。

3

あの女とは連絡を絶っていたが、携帯の番号だけは控えていた。まだ未練があったのかもしれない。身勝手なのは重々承知している。しかし、一時の過ちに人生を振り回される訳にはいかない。

家からはかけられないし、携帯は履歴が残る。社内も人目が気になる。結局、公衆電話を利用した。未だに公衆電話が生き残っているのは、こういう需要があるからかもしれない。

彼女の提案で、例の池袋のバーで会うことにした。

『出会った場所で再会するのもロマンティックじゃない』

などと彼女は言った。浦田が梶夏子を連れてくるかもしれない、という不安はあったが、どこで会ったとしても危険があるのは同じだ。所詮、彼女の掌の上で踊らされているのだから。僕ができるのは、彼女の機嫌を損ねないように、何とかあの街から出て行ってもらうことしかない。

店に入ると、彼女はカウンターでホットウイスキーを飲んでいた。

「珍しいもの飲んでるんだな」

「そう？ ある人が飲んでたから、私も真似したのよ。あなたもどう？」

「いや、いい」

僕は彼女の隣に座って、ウイスキーをストレートで頼んだ。酔っぱらってしまいたい気分だったのかもしれない。

「何じろじろ見てるの？」

「そっちの髪形の方がいいな、って思って」

「ありがとう。お世辞でも嬉しいわ」

自分を誇示しているのだ、と思った。その美貌を包み隠さずアピールする、最善の髪形だから。

三年前は、こんな美人と付き合っている自分が誇らしく、彼女に夢中になった。だが今は、彼女の美貌が呪いになっている。

「子供は大丈夫なのか？」

「ある人に預かってもらっているから」

僕は、彼女を連れてさりげなく店の奥の席に移動してから、世間話もそこそこに、本題を切り出した。

「最低な質問だってことは分かってる。でも答えてくれ——本当に僕の子供なのか？」

彼女はすぐには答えなかった。暫く黙って、そしてこう言った。

「さあ、どうでしょうね」

「誤魔化さないでくれ。僕と出会う前の君の男関係は知らない。でももうあれから三年経っている。君みたいな美人が、それだけの間、一人だなんて考えられない」

「幻滅だわ」

「何と思われたっていい。僕は当然の質問をしているだけだ」

「そこまでして責任逃れをしたい？　私はずっとあなた一人を想って生きてきたのよ。もっと喜んでもいいはずなのに」

僕は黙った。非は圧倒的にこちらにあるのだ。後ろめたい気持ちが邪魔をして、彼女を強く追及できない。

「でも、君だって異常だ。いきなり近所に引っ越して来るなんて」

「そこまでしたんだから、本当に自分の子供だとは思わないの？」

むしろ逆だ。そこまでの行動力があるのだったら、そのパワーの何分の一かでも、僕を騙すために使っても不思議ではない気がする。

僕は彼女に頭を下げ、頼んだ。

「ＤＮＡ鑑定をしてくれ」

土下座してもよかったが、さすがに店の中ではできない。

「それで、本当にあなたの子供だったら？」

「養育費の話は、それから考えさせてくれ」

僕らは暫く黙った。

最初に口を開いたのは彼女の方だった。

「よく離婚裁判なんかで、養育費はいらないとか、お金の問題じゃないって言ってる人を見るたび、嘘つけ！　って思ってたんだけど、自分が当事者になると、本当にお金の問題じゃないわね。あなたが作っている推理小説と同じよ。犯人が誰か分からないまま終わったら、気持ちが悪いでしょう？　もちろん私はあなたが犯人だと知っている。でもあなたは自分が犯人だと分かっていない。それを知らしめるためなら、鑑定だって何だってするわ」

その彼女の話で、僕は浦田の『月の裏文明委員会』を思い出した。

「浦田に、いや、梶夏子にあんな小説を考えさせたのは君か？」

「考えさせたって何よ。向こうが勝手に考えたのよ」

アイデアの元々の発想は誰から出てきたのか、なんてどうとでも言える話だ。どうせ、オフ会の雑談等で出てきたアイデアなのだろう。集まったのは浦田ファンばかりだ。自分なりの続編のアイデアを浦田に披瀝《ひれき》する機会はいくらでもあったに違いない。

「大三郎の近所に引っ越してきたシングルマザーって君のことだろ」

彼女は笑った。

「面白い趣向だったでしょう？」

「あんまり、あの純朴なカップルを操るなよ。気の毒だから」

僕は浦田と、そして彼の少し野暮ったい恋人を思い出した。彼らは、自分たちがこの女に操られているなど、夢にも思わないだろう。

「僕が浦田の担当だと知っていたから、浦田ファンのオフ会を仕組んだのか？」

「さすがにそこまではしないわよ。あなたの担当作家のSNSをチェックしていたら、浦田和男のファンがオフ会を開くって情報が手に入ったから、潜り込んだのよ。どうやって浦田を通じてあなたにメッセージを送ろうかと考えたけど、夏子ちゃんが浦田とくっついて勝手にやってくれたみたいね。こんなに上手くいくとは思わなかったわ」

「回りくどいことしないで、正々堂々来いよ。引っ越しの挨拶をしに来た時みたいに」

彼女は笑った。

「正直、あれでボロを出すと思ったのに、しれっとした顔で挨拶し返してくるから拍子抜けしたわ。あなた、相当の悪人ね」

僕は彼女のその言葉に無言でウイスキーをあおった。そしてDNA鑑定で、どうか僕の子供ではないという結果が出るように祈った。そうすれば、悪人は彼女の方になるのだ。

同時に、そんな結果にはならない、ということも僕は分かっていた。DNA鑑定をすれば確かな結果が出るのだ。もし彼女に自信がなかったら、鑑定を渋るに違いない。

つまり、彼女の子供は、確実に、僕の子供でもある。

「DNA鑑定の費用は、こっちが出す」

と僕は言った。

「そうしてもらえると助かるわ。お金の問題じゃない、って言っておいてなんだけど、実際、育児にはお金がかかるから」

「何、こっちが頼んでんだから当然だよ」

と僕は言った。そして心の中では、自分からＤＮＡ鑑定を持ち出したことを後悔し始めていた。少なくとも、向こうから言い出すまでは待つべきだったのだ。そうすれば、僕の子供じゃないかもしれない、という幻想を抱き続けていられたから。

4

結局、ＤＮＡ鑑定は成されなかった。だが、結論を先送りにできてホッとした、という訳にはいかない。事態は更に厄介になったからだ。

彼女の子供が行方不明になった。外を散歩している時に、ちょっと目を離した隙にいなくなったらしい。平日なら出社しているからアリバイがあるが、事件が起こったのは休日で、僕はその日、自分の部屋で原稿を読んでいた。家族がそれを証明してくれるか、というと心許ない。

事件はニュースにもなり、近所はその話題で持ちきりになった。これですべてが終わった、と覚悟した。子供が実際に僕の子供であろうがなかろうが、彼女と関係を持ったことは事実なのだから。

常識的に考えれば、一番疑わしいのは僕だ。DNA鑑定をしたくないから、子供を誘拐したという動機は、それなりに説得力がある。もちろん僕は事件に関与していない。ただ警察の事情聴取を受けるのは避けられないだろう。それが妻に知られたらアウトだ。

僕はあの女が、警察に僕のことを黙ってくれていることを願った。だがそれはあまりにも虫のいい願望だった。確かに、この街に越してきたのは、僕に対する嫌がらせだろう。ただ彼女が子供に向ける愛情よりも、その嫌がらせを優先させるのかというと、もちろんそんなことはないのだった。

彼女は真っ先に僕の存在を警察に訴えたに違いない。ただ幸運だったのは、警察が自宅に直接来たのではなく、まず僕の携帯に連絡してきたことだった。

『あなたにとってもデリケートな問題をはらんでいるので、大っぴらに会わない方がいいと思いまして』

と刑事は言った。その言葉で、僕はすべてを了解した。

仕事の帰りに出向いた警察署で僕は刑事たちと面会した。取調室に連れて行かれるかと思ったが、普通の応接室だった。対応したのは年輩と若い刑事の二人組だ。こんな経験は滅多にないからいい取材になると思ったが、もちろんそんな心の余裕はなかった。

主に年輩の方の刑事が、僕に質問をした。

「事件のことはご存じですね」

「もちろんです。騒がれていますから」

「行方不明になったお子さんのお母さんは、あなたが父親だと仰っています。間違いないですか？」

僕は慎重に、言葉を選び選び話した。

「心当たりはあります。しかし確証はありませんでした。僕はＤＮＡ鑑定を提案し、彼女も承諾しました。その矢先に今回の事件が起こったんです」

「あなたに子供を見せつけるために、彼女が近所に越してきたというのも正しいですか？」

「彼女がそう言うのなら、そうなんでしょう。本心は分かりませんが――」

刑事たちは顔を見合わせた。そして若い方の刑事が、僕に諭すように話し始めた。

「やっぱりそれって普通じゃないですからね。あなたとの関係が事件の遠因になったのかも、と言っている捜査官もいるんですよ」

「僕が誘拐したと？」

「いえいえ、そこまでのことは言っていませんよ。お子さんのお母さんはその可能性を口にしていましたが、彼女自身半信半疑のようでした」

確かに本気で僕が犯人だと思っているのなら、彼女が直接僕の家に乗り込んできても不思議じゃない。

ＤＮＡ鑑定をすると言いながら、その鑑定をさせないために子供を誘拐する。僕はそんなアンビバレンスな性格ではないと、彼女は分かっているのかもしれない。わずか数ヶ月間だけど、一応付き合っていたのだから。

刑事たちは、彼女が浦田のオフ会に潜り込んで、浦田にまるで僕に対する当てつけのような梗概を書かせたことを知らないようだった。それを話した方がいいかと迷ったが、とりあえず今の段階では黙っていることにした。

そんなことを教えたら、きっとこの刑事たちは浦田や梶夏子に話を訊きに行くだろう。過去に浮気をしていたことを浦田に知られたら、弱みを握られるかもしれない。『月の裏文明委員会』を出版しなければ、妻にすべて話す、と脅迫されないとも限らない。

「あなたの不貞を責めるつもりはありません。我々にはそんな権限はありませんから。ただし、お子さんのお母さんがどういう態度に出るかは、犯罪行為に及ばない限り、我々の関知するところではありません。また、万が一お子さんの失踪の原因が、三年前のあなたの不貞にあったとなったら、我々としてももっと積極的に捜査せざるを得ません。その旨、ご了承いただきたい」

と年輩の刑事は言った。

積極的に僕の家庭を破壊しようとは思わない。しかし、事件を解決するためなら、それも辞さないと言っているのだ。

どうであれ、いずれすべては明るみに出てしまうのだろう。子供が数日間行方不明なのだ。関係者の個人情報は守られなければならないが、子供の命が最優先だ。捜査の過程で、プライバシーなど顧みられなくなる場合だってあるだろう。そうでなくとも、マスコミ等が騒ぎ立てないとも限らない。

すべてはお前の自業自得だ——二人の刑事の目が、そう物語っているように思えてならなかった。

そんなことがあってから、僕はますます自宅に帰りづらくなった。あの女が乗り込んできて、妻にすべてをぶちまけるのではないか、そんな恐怖に震えた。

いや、そうなる未来はほぼ確実のように思えた。目の前に姿を現して、僕の怯える姿を見て楽しむ、彼女の目的はただそれだけだった。今までは——。

事態はそんな段階ではなくなってしまっていた。僕はまるで「そうなる時」を刻一刻と待つ、囚人のような気持ちだった。

でも、いつまでも自宅に帰らない訳にはもちろんいかない。

再び彼女の携帯に電話しようと思ったこともある。だがすんでのところで思い止まった。子供が失踪しているのだ。彼女の電話は、自宅のものも携帯も、警察がチェックしているはずだ。身代金目的の電話と間違えられて、あらぬ疑いをかけられたくない。マスコミが報道しているということは、誘拐の可能性は低いと判断されたのだろうが、しかしまったく警戒を怠っている訳ではないだろう。

彼女の方から僕に接触してくる気配は、一向になかった。

子供が失踪したことは、近所の噂で初めて知った。それからテレビのニュースで確実なものとなり、そして警察から連絡がきた。つまり子供が失踪してから、僕は一度も彼女に会っていないのだ。

まさか。

僕はありえない想像をする。

子供の失踪は狂言ではないか。子供はどこかに匿《かくま》われているのではないか。本当は、誘拐などされていないのではないか。

僕には子供を誘拐する動機がある。ＤＮＡ鑑定をさせないためだ。しかしその動機は、そのままあの女にも当てはまるのだ。

もし、僕とは何の関係もない子供だとしたら？

そもそも、過去の浮気相手の近所に引っ越してくること自体が異常だ。そんな嫌がらせをする女なら、他の男の子供を自分の子供だと偽ってもおかしくない。

もしかしたら僕がDNA鑑定を持ち出した時点で、彼女は黙ってこの街から出ていくつもりだったのかもしれない。だが何かの弾みで警察が介入し、大事になってしまった——。

もちろん何の根拠もない。しかし、僕に嫌がらせをするためにこの街に越してきた彼女が、子供の失踪という一大事に、まったく僕に連絡してこないのは、やはり不自然だと思うのだ。

今になってあの浦田の小説を思い出した。『月の裏文明委員会』だ。見えない場所には、想像しうる無限の世界が広がっている。子供のDNA鑑定ができない、今の宙ぶらりんの状況と同じだった。それが良きことなのか悪しきことなのか、今の僕には判断できなかった。

5

僕は彼女に会って、本当のところどうなのか問いつめたかった。だができなかった。近所だからといって直接行く訳にはいかない。インターホンを押した途端に、マスコミのマイクが向けられるだろう。

僕は時々家に帰った。しかし家にいても気が休まらないので、コンビニのイートインで時間をつぶした。越してきたばかりの彼女と、このコンビニで鉢合わせしたことを思い出した。ここにいれば彼女と出会える気がした。だがもちろん、そんな上手い具合にはいかなかった。その代わり、予想外の人物と遭遇した。

イートインでコーヒーを飲みながら、ぼんやりと窓ガラスの向こうの夜の景色を眺めていると、野暮ったいロングスカートをヒラヒラとさせた女がこちらに歩いてきた。何となく目立つ格好で、たむろしている不良どもに狙われるんじゃないか——と思った次の瞬間、僕は仰天した。

彼女は、浦田ファンのオフ会に参加し、浦田に『月の裏文明委員会』のアイデアを与え——本当は与えたと思い込んでいるだけなのかもしれないが——浦田と交際を始めた、梶夏子だったのだ。

僕は驚きのあまり、身を隠すこともできなかった。それは彼女も同じだった。ガラス越しに目が合った瞬間、彼女は驚愕《きょうがく》したように、その場に立ち尽くした。

そしてクルリとUターンした。

僕は立ち上がり、慌てて店を出た。

「待ってください！」

間違いない。彼女はあの女に会いにきたのだ。僕を見て驚いたようなその様子を見るに、彼女は僕がこの街に住んでいることを知らなかったのだろう。

あの女とご近所であることを知られたら、浮気にも気付かれるかもしれない。だが、突然梶夏子と出会った衝撃で、冷静な判断ができなくなっていた。

梶夏子は必死に逃げようとしたが、ロングスカートの女性に追いつくのは簡単だった。

「どうしてここにいるんですか？」

梶夏子は観念したように立ち止まり、そして言った。

「ニュースで事件のことを知ったから、心配で」

「オフ会の後も連絡取り合ってるんですか？」

彼女はこくりと頷く。

「浦田さんも来てる？」

「自分は公の人間だから、あんまりこういう事件に顔を出したくないって。昔、友達が犠牲になった事件にかかわって、それがトラウマになったって言ってました」

「へえ——」

「だから、浦田さんに様子を見てきてくれって頼まれたんです。あなたは以前から、この街に住んでるんですか？」

梶夏子は急に僕に向き直って訊いた。

僕は観念した。

「そうです」

「あの人、ひょっとして、あなたを追って、ここに引っ越してきたんですか?」

「――立ち話もなんだから、そこで話しませんか? どうせ買い物に来たんでしょう?」

僕たちはコンビニに引き返した。飲み物を買ってイートインの席につく。梶夏子は自分の飲み物の他にゼリー飲料も買っていた。

「あの人、憔悴《しょうすい》してしまっていて、こんなものしか喉を通らないんです」

梶夏子は、薄々僕と彼女の関係に気付いただろうが、自分からは何も言ってはこなかった。いつかすべてが発覚するとは思っていたが、まさかこんな形でそれが訪れるとは、考えもしなかった。

「彼女、僕のことを何か言っていませんでした?」

「子供の父親がこの街に住んでるから、当てつけに越してきたって――それがあなただとは、思いもしませんでした」

僕が浦田の担当だから、浦田ファンを装いオフ会に潜り込んだ、と知ったら、さすがに彼女もショックだろうな、と思う。

自分で作ったプロットと思っているのだろうが、あの女に操られるがままに『月の裏文明委員会』の梗概を浦田に書かせたと知ったら、ショックはその比ではないだろう。

「彼女とどうやって連絡を取り合ったんですか？」

電話なんかかけたら、身代金目的の電話だと思われて、面倒なことになる。

「どうやってって——ＳＮＳです」

「ああ、そうか」

と僕はつぶやいた。あの女のアカウントなど知らなかったから、ＳＮＳで連絡を取り合うという考えがなかった。

もっとも、連絡したところで、向こうに返事をする意思がなければ同じことだが。

「マスコミはいますか？」

「一時に比べると大分少なくなったけど、やっぱり変な人たちはうろうろしてますね。ただ会いに行っただけなのに、警察に根ほり葉ほり聞かれたし」

「——そうですか」

僕は黙った。

黙りこくっている僕に痺れを切らしたのか、彼女が口を開いた。

「帰りが遅れたこと、あなたに会っていたからだって言っていいですか？」

むしろ、梶夏子に秘密を知られたことの方が、圧倒的に問題だった。

「あいつの世話をしてるんですか？」

その言い方で、僕が彼女に対して抱いている微妙な感情を、梶夏子は理解したようだった。

「世話というか、あまりにも心配だったから」

「じゃあ、子供が消えたことに心当たりは？」

「警察の人にも訊かれたけど、まったくないんです。犯人からの電話もないし、二歳の子供が、独りでにいなくなるはずがないから、きっと誰かが連れ去ったんだと思うんですけど」

「そうですね――」

僕は梶夏子を見やった。野暮ったい女の子だと思っていたけど、こうして隣に座ると、案外綺麗な顔立ちをしている。もっと外見に気を使えば男にもモテるだろうに。まあ、本人は浦田でいいと思っているのだから、他人がとやかくいう問題ではないが。

「浦田とは上手くいっているの？」

世間話のつもりで、そう訊いた。

梶夏子は顔を曇らせた。

「いい人だとは思うんです。でも、あの人、会うと必ずホテルに行こうってせがむんです。

私だって子供じゃありませんから、男性と付き合うってことの意味ぐらい分かっています。でも、あんまりそればっかりだと、こっちも幻滅します。その癖、結婚の話題になりそうになると話を逸らすし――」

「浦田さんもしょうがないな――」

そう僕はつぶやいた。今度会ったら、もっとスマートに交際しろと言ってやらねば、と思う。同時に、自分にはそんな資格がないことにも気付いて、どうにもやりきれなくなる。結局、男とはどうしようもない生き物なのかもしれない。

「あの、そろそろいいですか。あんまり遅くなると心配するかもしれないし」

「あ、ああ。引き留めてすみません」

僕たちは立ち上がった。彼女は浦田の交際相手だが、あまり長居して誰かに見られたら面倒だ。

「大きなお世話かもしれないけど、夜遅いから気をつけてくださいね。スカート姿だし」

「ありがとうございます。今日はあの人の家に泊まらせてもらうので、大丈夫です」

「そうですか。ならいいんだけど」

そう言って、僕らは別れた。梶夏子は本当に、あいつに僕と会ったことを言うのだろうか、と考えた。その考えは同時に、彼女は何をしている人なのだろう、という疑問を呼び覚ました。今日は平日だ。あいつの家に泊まると言っていたが、そのまま出勤するのだろうか。女同士の友達は、そんなに簡単にお互いの家に泊まったりするのだろうか。しかも子供がいなくなった、こんな時期に。

6

僕は浦田に会いに出向いた。彼は横須賀線の新川崎という駅の近くのアパートに住んでいる。川崎駅は何度か降りたことがあるが、こっちは初めてだった。オフィスビルやショッピングセンターのような建物が目に入るが、川崎に比べると住宅街という印象だ。

浦田の住まいにこちらから出かけることなんて初めてだった。打ち合わせだったら、いつものように出版社に来てもらうか、都内の喫茶店で会うところだが、今回は仕事じゃなくプライベートだから、そういう訳にもいかない。

小さなアパートのインターホンを押すと、彼が満面の笑みでドアを開けた。作家の部屋だけあって本が多いが、意外とこざっぱりと片づいている印象だった。来ることは前もって連絡したから、必死に片づけたのだろう。

手土産のケーキを出して、浦田が淹れたコーヒーを飲んだ。

「それで、話したいことってなんです？　『月の裏文明委員会』のことですか？」

「それもあるかもしれない。でも電話でも言ったけど、仕事じゃないんです」

不審がる浦田を後目に、僕は梶夏子と会った話をした。家の近所のコンビニで会ったとか、そういう詳細は限りなくぼかして、交際のことを相談された、という体裁で話した。もちろん、浦田が追及してきたら本当のことを言わなければならないが、彼は執拗に梶夏子の身体を求めた後ろめたさを繕うのに必死で、そこまで頭が回らない様子だった。

「だって、何ヶ月も付き合っているのに身体の関係がないなんて、おかしいでしょう？　中学生ならいざしらず、僕ら三十過ぎの男と女なんだ。付き合うってことが、どういうことだか、向こうだって分かっているはずです。それなのに、こっちが求めると逃げるんだ」

確かに浦田の言い分も分からなくはない。だが三十過ぎで男性経験がない女性は決して珍しくはない。あの少女趣味のロングスカートは、彼女の潔癖さの象徴なのだろうか。

「今でも、あのオフ会で集まった人たちと、会ったりするんですか？　梶さん以外と」

「SNSでは、またオフ会やりたいですね、なんて話も出てますけど、まだ夏子さん以外とは直接会ってないですね」

にもかかわらず、梶夏子はあいつの様子を見に行き、それだけではなく家にまで泊まったのだ。浦田に頼まれたと嘘までついて。

オフ会の話題を出したのに、浦田は子供の失踪事件のことを話すそぶりも見せない。あんなにテレビで報道されているのに。ひょっとして、浦田はその事件の当事者が、オフ会のメンバーの中にいると気付いていないのではないか。

あいつはオフ会では、何とかというハンドルネームで通っていた。一方、報道ではもちろん本名だ。そして犯人ならいざ知らず、被害者側はテレビに頻繁に顔が映る、といった印象はない。

だが梶夏子は、子供の母親があいつだと知っていた。そして、それを恋人の浦田に黙っているのだ——何故だろう。

「オフ会の写真って、あります？」

「ええ、もちろん」

「見せてもらっていいですか？」

浦田はスマートフォンで撮った写真を、パソコンに保存していた。何十枚もある。前回見たSNSで公開した写真は、あくまでもその一部のようだった。

僕は一枚一枚、梶夏子とあの女を中心に写真を見ていった。するとあることに気付いた。

梶夏子とあの女が隣同士の写真がとても多いのだ。中にはテーブルの上で手を重ねている写真もあった。

女同士でなかったら、こう思うだろう――まるで恋人のようだと。

いや、女同士であっても、恋人ではないとは限らないのだ。

「この二人は、このオフ会が初対面なんですか？」

「そうだと思いますよ。みんな初対面だと」

浦田は梶夏子を恋人だと思っている。しかし、梶夏子にそんな気はないとしたら？　もちろん浦田を慕っているだろうが、あくまでも作家とファンの関係としてだ。それがそのまま男女の関係に進むとは限らない。

「結婚の話とか、出ないんですか？」

「結婚？　さあ、どうだったかな。でも、まだそこまでの関係じゃないから」

と浦田は言った。コンビニで梶夏子は、結婚の話になると逃げる、と言っていた。どっちが正しいとは言えない。だが、こんな言った言わないの話など、どうとでも取り繕えると考えたのかもしれない。浦田との関係を拒否する言い訳として、彼が結婚を真剣に考えていない、というエピソードを誇張して僕に話したのではないか。

梶夏子は、浦田よりもあいつを大切に思っているとしか思えなかった。そうでないとしたら、何故浦田はあいつのところに自分の彼女が通っていることを知らないのだろう。

カムフラージュ――そんな言葉が脳裏に浮かぶ。浦田との交際は、あいつと付き合っていることを隠すためではないのか。同性同士の恋愛をとやかく言われたくなかったから。

池袋のバーで、三年ぶりに再会した時の、彼女の話を思い出す。

『子供は大丈夫なのか？』

『ある人に預かってもらっているから』

そのある人とは、梶夏子のことではなかったか。

「浦田さん」

「はい」

「梶さんとの交際に何か進展があったら、教えてもらいたいんですけど」

「あの、どうしたんですか？　ここに直接来てくれたことは嬉しいですけど、ちょっと変ですよ」

困惑げな口調で、彼は言った。

確かにそう思われても仕方がない。だが、やはり浮気の一件を、自分から率先して浦田に話そうという気にはなれなかった。

しかし、のんきに梶夏子と恋人気分でいる浦田が腹立たしく、僕は言った。

「浦田さんが心配なんです。もしかしたら、騙されているんじゃないかなと」

「騙されている？　誰にですか？」

「だから、梶夏子さんにです。『月の裏文明委員会』には、彼女のアイデアも入っているんでしょう？　彼女は単に出版社に顔をつなぎたいために、浦田さんを踏み台にしたのかもしれない」

浦田はじっと僕の顔を見た。

「書いた原稿をあれこれ言われるのは分かりますよ。それが仕事ですから。でも、まさか交際相手にまで口を出されるとは思いませんでした」

「でも、浦田さんだって、どこかおかしいと思っているんでしょう？　付き合ってから一度も関係がないんだから」

「僕は世間知らずだから、変な女に引っかかって、そちらにも迷惑をかけるかもしれない、ってことですか？」

そうだ、とはっきり言ってやりたかった。

結局、喧嘩別れのような形で、僕は浦田のアパートを後にした。もしかしたら、これで彼との付き合いもなくなってしまうかもしれない。もし、彼が将来大作家にでもなったら僕が失ったものはあまりにも大きいということになる。しかし、背に腹は替えられない。

子供は、梶夏子が誘拐した——そう僕は考えている。

当初、梶夏子は純粋な浦田ファンだったのだろう。だが、僕に嫌がらせする機会をうかがうために浦田ファンのオフ会に潜り込んだあいつと出会って、すべてが変わった。

梶夏子はあいつと恋人関係に陥った。そして、あいつが僕を恨んでいることを知り、一肌脱ごうと考えた。浦田と交際したのもそのためだろう。憎い相手が担当している作家と親密になれば、復讐のチャンスをつかめるかもしれない。

そして結果的に、梶夏子は僕の子供を復讐の道具として利用したのだ。

子供が失踪したら、疑いの目が僕に向けられると梶夏子は予想した。すべては、僕の不貞を明るみに出すためだった。一般人の浮気や隠し子、というだけでは、話題性に欠ける。だが誘拐事件が絡むとそうではない。現にあいつの家の周辺には、マスコミが集まっているというではないか。

梶夏子が独断でやったのか、それともあいつも承知の上なのかは分からない。だが、恐らく首謀者が梶夏子なのは間違いないだろう。

こんなことになったのに、あいつからは僕に一切連絡が来ない。それがこの件にあいつは積極的に絡んではいない、という証明ではないのか。

少女趣味のファッションで、朴訥な印象を受けたから、正直油断してしまったが、実はとんでもない女なのかもしれない。

浦田は梶夏子に連絡し、今日の僕との一件を彼女に話すだろう。だがおそらく、梶夏子は僕とコンビニで会ったことを、浦田に話さない——そう僕は踏んでいる。編集者と接点を持つために付き合っていた、という僕の推理が正しいことが分かったら、さすがにお人好しの浦田も梶夏子と別れるだろう。

こんな推理、自意識過剰に過ぎるのは自分でも分かっている。すべての出来事が、僕を騙す、あるいは牽制するために起こっていたなどとは。

でも、今回の事件は間違いなく、あの女が僕の近所に引っ越してきたことから始まったのだ。あの女がこの街に来なかったら、きっと子供は失踪しなかったはずだ。そんなふうに思う。

7

僕は梶夏子と直接会うことにした。どんなに逃げ回っても、いずれ破局は訪れるのだ。なら自分から立ち向かった方が潔い。

僕は浦田に電話して、梶夏子の連絡先を訊いた。前回、喧嘩別れのようになってしまったので、一応謝った。

『もういいんです。僕も薄々感づいていたんですよ。利用されているかもしれないって。それをあなたにズバリ指摘されたから、腹が立ってしまったんです』

「じゃあ、あの『月の裏文明委員会』は保留でいいですね？」

浮気相手のあいつが、梶夏子を巧みに操って、浦田にあんな梗概を書かせたのだ、と思ったこともあった。でもやはり、梶夏子が書かせたのだろう。あいつは、単に浦田がオフ会で『月の裏文明委員会』の話題を出した時に、便乗してあれこれ言っただけに違いない。あるいは、自分で梗概を作った、とあいつが思い込むように、梶夏子が話を誘導したのか。

どうであれ、主人公が住む街に、昔関係を持ったシングルマザーが越して来るなんて梗概は、僕に対する嫌がらせ以外の何ものでもない。そんな小説を、僕自ら出版するなんて、ぞっとする。浦田は出版保留が不服そうだったが、決定権はこっちにあるのだ。

ふと思い立って訊いた。

「大三郎・クイーンの子供はどうなるんですか？」

梗概は前半までだったから、どんなオチになるのか分からない。

浦田は答えた。

『正直言って、梗概をお見せした段階では、後半をどうするのか、漠然としか決めていなかったんですが、今はすべて出来上がっています——大三郎の子供は誘拐されるんですよ』

僕は挨拶もそこそこに電話を切った。

やはり浦田は知らないのだ。僕の浮気相手が近所に越してきたことも、その浮気相手との子供が行方不明になったことも。知っていたら、こんなにあからさまに話すはずがない。

梶夏子に電話して、会いたいと伝えた。向こうが指定したのは、あの池袋のバーだった。

その日、退社後に店に行くと、カウンターに彼女がいた。あの時はベリーショートの美しい女がいたが、今は少女趣味のロングスカートを穿いた女がいる。そのロングスカートも、今では狂気の象徴としか思えない。

「黒幕は君だろ」

そう言って、僕はカウンター席に腰を下ろした。そしてあの時のようにウイスキーのストレートを頼んで、店の奥に行こうとした。

するとた梶夏子は、

「いいのよ。そんなことしなくても。ね、マスター?」

とカウンターの向こうにいる、バーテンダーに言った。彼はその彼女の言葉に呼応するように、答えた。

「はい。このお客さんは、ずっと一人でお酒を飲んでいました」

僕は黙った。

「それで、何の話?」

その彼女の言葉に背中を押されるように、僕はおずおずと訊いた。

「君の目的は僕だろう？」

「そうよ」

彼女はあっさりと答えた。こちらが拍子抜けするほどに。

「あなたの過去を調べたら、愛人に子供を生ませたっていうじゃない。慎ましく子供と暮らしているその愛人をけしかけ、あなたの近所に引っ越しさせるのは造作もなかったわ」

「造作もないことじゃないだろう。引っ越しなんて大変な労力だ」

「引っ越し費用なんて、養育費の名目であなたからいくらでも引っ張り出せる。それに浦田の小説のプロットがそうなっていたから、引っ越しさせた方が自然だと思ったのよ。その方があなたへのプレッシャーにもなるし」

梶夏子が浦田にあのような梗概を書かせたと思っていた。だが少なくとも冒頭部分は、浦田が一人で考えたようだ。

そう言えば、大三郎・クイーンは独身だ。だから、シングルマザーとは不貞の関係でも何でもなかったのだ。女の方も独身であれば。もし僕への威嚇のためにあの梗概が書かれたとしたら、大三郎は既婚者という設定になっていただろう。

「浦田の本が出版されようが、されまいが関係ないわ。あなたがあのプロットを読み、その作成に協力したファンとして、自然にあなたに会うことが目的だったのよ」

「そのために、浦田を誘惑したのか。だから身体も許さなかった」

梶夏子はおかしそうに笑った。

「身体を許さないって、なんだか古風ね。浦田に抱かれなかったのは、抱かれたところで何のメリットもないからよ。もし、そうすることで私に何か得があるなら、自分から進んでベッドに誘うでしょうね」

「損得で抱かれるのか？」

「もちろんそうよ。浦田が既婚者なら、抱かれて弱みを握ることもできるけど、あいにく彼は独身だし」

彼女は僕を誘惑しなかった。つまり既婚者であっても、抱かれたぐらいでは弱みを握れないと判断されたのか。

「私はあなたを追いつめなきゃならない。ボロを出させて、あなたを脅迫できるだけの材料を集めるために」

「あの女と浮気してたってだけで、十分に脅迫できるだろう」

「それだけじゃ弱いわ。あなた、奥さんとの関係が上手くいっていないわね。優柔不断なあなたに嫌気が差した奥さんはジムのコーチと不倫している。そんな破綻しかかってる夫婦の間に、三年も前にあなたが不倫していた、っていう爆弾を投げ込んだって、大爆発を引き起こせるとは思えないわ」

だから僕を誘惑しなかったのか。

「それが脅迫するに当たらないって言うんだったら、僕はもう安全だな。それ以上に後ろめたいことなんて、何一つないんだから」

僕は、それなりに安心して、そう言った。

だが、梶夏子は、

「いいえ。決定的な情報が手に入ったわ。あなたを意のままに動かすほどの」

と言った。

「はったりだろ？」

「さあ、どうかしらね」

と梶夏子は嘯《うそぶ》いた。

僕は今までの人生で、自分が何か大きな失敗をしたか考えてみた。だが、どんなに考えても、不倫以上に脅迫に値する行為をした心当たりはなかった。

「浦田のプロットの後半は、明らかに君がかかわっているな？」

「ええ」

そう言って、梶夏子はにっこりと笑った。

「子供が誘拐されるなんて現実そのままだな。でも大三郎は独身だから、DNA鑑定を回避するために誘拐したんじゃないか――そんなふうに疑われる展開にはならないだろう」

その僕の言葉には、梶夏子は何も言わなかった。僕は嫌な予感がしたが、それを口に出せなかった。言った途端に現実になるような気がして。

「あの人、髪形変わったでしょう？」

「ああ」

セミロングからベリーショートになった。だから彼女が引っ越しの挨拶で我が家を訪れた時、一瞬、誰だか分からなかった。

「私が似合うんじゃない？　ってちょっと言ったらすぐに変えたわ。私、ああいう髪形好きだから」

梶夏子に言われるままに髪形を変えるような女なら、意のままに操ることも簡単だっただろう。

「君も短くすれば良いのに。その長ったらしい髪より、そっちの方が似合うよ」

梶夏子は、僕を見つめ、にっこりと笑った。言われなくても分かっている、と言わんばかりの態度だった。

もともと、ああいう髪形なのだ、と瞬間的に理解した。別の女に化けるために、今は髪形を変えているだけなのだ。

梶夏子がベリーショートにしている姿を想像してみた。浮気相手のあいつなんか比べ物にならないくらいの、美貌の女かもしれない。

「あいつは今、どうしてるんだ？」

僕は不倫相手の名前を出した。あいつが一連の出来事の首謀者だと思っていた。でもそうではなく、あいつは梶夏子の操り人形に過ぎなかった。そう思うと、とても哀れに思えてくる。僕が一時の過ちで彼女と付き合ってしまったから、梶夏子につけ込まれたのだ。

「子供を失って、憔悴してるわ。見るのも気の毒なぐらい」

「気の毒？　君が言うことか？」

「あなたが言うことでもないわ」

確かに僕が彼女にした三年前の過ちから、すべては始まったのだ。でも――。

「子供は関係ないだろ？　子供は今、どこにいるんだ？」

「知らないわ」

「嘘だ。僕が誘拐したと思わせるために、子供をさらったんだろう？　つまり狂言ってことだ。憔悴してるっていうのも、どこまで本当だか」

梶夏子は暫く黙っていた。

そしておもむろに口を開いた。

「子供を巻き込むなんて、そんな酷いことしない——って言っても、あなたは信用しないんでしょうね」

僕は思わず鼻で笑った。

「当たり前だろ。そもそも君のその計画じみたものは、子供がいなくなったことから始まったんだから」

「違うわ。私の計画は、あくまでも、あなたの不倫相手と、浦田を使って、あなたにプレッシャーをかけることよ。それが別の人間に向けられるなんて、夢にも思わなかった。でもね、これだけは言える。遅かれ早かれ、同じようなことになったって」

「何を言ってるんだ？」

「浦田のプロットを最後まで読んでみたらどう？　そこに子供を誘拐した真犯人が誰だか書いてあるわ」

僕は梶夏子を見つめた。

「それを知ってるってことは、やっぱり君も子供の誘拐にかかわっているんだろう？」

梶夏子はゆっくりと首を横に振った。

もう僕は、その梶夏子の言葉が信じられなかった。ただ次に彼女の口から発せられた言葉だけは、店を出て家に帰り着くまでの間、ずっと心に残っていた。

「あなたの浮気を知っている人は、私だけじゃないから」

「私じゃないわ」

8

後日、警察から電話があった。

梶夏子のことだった。彼女の現在の居所を知りたいという。

『あなたの元恋人はお子さんが行方不明になって憔悴してしまって、警察の事情聴取にも上手く応じられないほどでした。そんな彼女の世話を甲斐甲斐しくしている女性がいましてね――一応こんな事件ですから、彼女の身元も確認したんですよ。そしたら、何と彼女は二年前に死んでいたんです』

「――どういうことです？」

『失恋が原因で、自ら命を絶っていたんです』

僕は、考えをまとめながら、慎重に刑事に訊いた。

「その自殺した梶夏子も、ロングヘアーの髪形で、少女が好みそうなロングスカートを穿いていたんですか？」

『どうやらそのようですね。どんなファッションが好みかまでは記録にはありませんから、知人などへの裏取りに手間どって、今日まで連絡が遅れてしまったんです。確かに、亡くなった梶夏子さんは、そういう服装を好んでしていたそうなんです』

僕の前に現れた梶夏子と名乗る女は、実在していた梶夏子に化けていたのか。一から人格を作り上げるより、実在の人物に化けた方がボロが出にくいと考えたのかもしれない。

『確かに梶夏子と名乗る女に会いましたよね』

「ええ。社の方に来ました。担当している作家と交際しているようです。僕よりも、彼の方が彼女については詳しいと思います」

そう言って、僕は浦田の名前を出した。何しろ交際相手なのだ。梶夏子に対する警察の捜査は、僕ではなく浦田に向かうに違いない。僕と接点を持つために浦田と付き合っていただなんて、浦田も刑事たちも想像すらしないだろう。

「その梶夏子に化けた女が、子供を誘拐したんですか？」

するど刑事は言葉を濁した。

『子供が誘拐されたと思しき日時、彼女にはアリバイがあるんですよ。秋葉原で人形――フイギュアを売る店で目撃されているんです』

恐らく、実際の梶夏子にそういう趣味があったのだろう。思考まで梶夏子になりきるために、生前の彼女と同じ行動をしたのか。

他人に変装できる女のアリバイなど意味がない、と思った。しかし同時に、やはり彼女は犯人ではなかった、とも考える。池袋のバーで、彼女は子供を巻き込むなんて酷いことはしない、と言っていた。それをそのまま信じる訳ではもちろんないが、すべての黒幕だと知られた彼女が、この後に及んで新たな嘘をつくだろうか。

刑事との通話を終えた後、僕はそのまま浦田に電話をした。警察から事情聴取されるかもしれない、と警告するのは担当の編集者としてごく自然な行為のはずだ。

電話に出た浦田は、何だか元気のない様子だった。

『あなたが正しかった』

開口一番、浦田はそう言った。

『彼女と連絡が取れなくなったんです』

「電話したのはそのことです。警察が彼女の行方を探しています。浦田さんのところにも話を訊きに来るでしょう」

『警察が？　どうしてです？　まさか詐欺師だったんですか？　でも金はせびられなかった

けどな』

「詐欺じゃないです。浦田さんのオフ会に来た、女性――」

そう言って、僕はあの女のハンドルネームを出した。

「――の子供が行方不明になったんで、事情聴取したいから探しているそうです。彼女たち仲が良かったから」

『夏子さんがさらったと？』

「アリバイがあるから多分違うと言っていました。でも何か事情を知っているだろうし、姿を消したのは怪しいと」

『へえ――。でもアリバイがあるなら関係ないんじゃないですか？　子供をさらう変質者なんて珍しくないでしょう』

浦田はこの期に及んでも、まだ自分の小説のプロットと子供の失踪事件の類似点に気付いていない様子だった。

「浦田さん。『月の裏文明委員会』は梶さんも梗概作りに参加しているんですよね。確か子供が失踪するって展開になりますよね？」

『え？　でもそれは小説の話ですよ。現実とは関係ない』

僕はその浦田の意見を無視して、話を進めた。

「警察もその梗概を知ったら、興味を示すと思いますよ。ちなみに梗概では、誰が子供を誘拐したんですか？」

執拗に訊くと怪しまれるかもしれないので、できるだけ軽い口調で訊いた。

『それが一番のオチだから、あんまり言いたくないんですけど』

「警察にそれは通用しないかと。警察に言ったら、どうせ僕の耳にも届くと思いますし」

浦田は渋っていたが、疑われるのも損だと思ったのだろう。子供を誘拐した犯人を一言で告げた。

正直、意味が分からなかった。

「あの話にそんな人間は出てこなかったでしょう？」

『だからそれは叙述トリックなんですよ。時代設定をぼかすことで、そこにいてもおかしくない登場人物を、読者の目から隠したんです』

僕はぼんやりと、その人物が犯人である意味を考えていた。今回の事件で、浦田の梗概の犯人に対応する人間とは、つまり——。

「そのオチとトリックは、梶さんが考えられたんですか？」

僕はそう浦田に訊いた。平静な声で話すだけで精一杯だった。

『そうですね。前半の梗概を読んだ夏子さんが考えてくれたんです。正直、「月の裏文明委員会」の存在が、単なるミスディレクションとしてしか機能していなくて、そこはちょっと不満なんですけど』

決してそんなことはない、そう僕は思った。

「じゃあ、叙述トリックの趣向は、後から考えたんですか？」

最初から後半の展開を考えていたとしたら、前半から伏線を仕込まなければならない。

「まあ、正直言うとそうです。でも話を遡って伏線を敷くことは十分可能です。それにまだ梗概なんだから、どうにだってできますよ」

「それで、子供はどうなったんですか？」

「さあ、そこはまだ考えてないです。ただ、書かなくてもいいかな、とも思っています。読者の想像に任すっていうか。少なくとも、そこは本質じゃないから」

何が起きたのかまるで分かっていない能天気な作家は、出版できますか、もう書き始めてもいいですか、などと場違いな質問を連発していた。僕はその言葉に適当に答えて、電話を切った。

その日の夜、梶夏子に化けていた女から、電話が来た。

『浦田に犯人を訊いた？』

「――どうしてそれを知ってるんだ？」

『私は何でも知ってるのよ』

そう言って、彼女は軽く笑った。

「浮気以上の脅迫の材料の意味が、やっと分かったよ。でも、その脅迫は成立しないな」

『どうして？』

「あいつが犯人だったら、遅かれ早かれ発覚するからだ」

『発覚なんかしないわ。だからあなたを脅迫できる』

「そんなことを言ったって、子供の死体が見つかったら、どうしようもないじゃないか」

『いえ、死体はもう処分していると思うわ。その痕跡は残っているかもしれないけど、バレやしない』

彼女が言っていることの意味は分かっていた。十分過ぎるほど。

「そんなことができるはずがない」

『確かめてみればいいじゃない。簡単にできることでしょう？』

「簡単なんかじゃない――」

『私が正しかったら、あなたはどんなことをしてでも隠し通したいと思うんじゃないの？』

「君が僕に要求すること次第だ。それがたとえば犯罪行為だったら、断固として拒否する」

『犯罪じゃない。あなたが担当している作家にちょっとした悪戯をしてもらいたいだけ』

「浦田和男に何をしようっていうんだ」

彼女はおかしそうに笑った。

『あんな作家、どうでもいいわ。ほら、西野冴子っているでしょう。彼女にあなたを通して伝えて欲しいことがあるのよ』

「西野冴子？　彼女が目的だったのか」

新刊を出すと、五万部の売り上げはかたい。確かに浦田に比べれば成功した作家と言えるかもしれない。だが、成功した作家なら西野冴子以外にも大勢いる。西野冴子クラスの作家を陥れるために、浦田を巻き込みここまでのことを仕組んだなど、僕は彼女に対して底知れない恐怖を感じた。

『彼女の従弟の奥さんが、歩道橋から落ちて流産したそうなの』

「何だって？　まさか君が――」

『私はそんな酷いことしないわ。彼女、そのことで従弟に相談を持ちかけられて、頭がいっぱいになっていると思うから。だからあなたに、もう一押しして欲しいのよ』

「ちょっとした悪戯ってなんだ？」

『それはね――』

9

僕は梶夏子と名乗っていた女が僕に要求したことを、箇条書きにしてしばらく見つめた。

まったく意味が分からなかった。

もちろん犯罪でもなく、あとで西野冴子にバレて追及されても、間違いや勘違いで済まされる他愛もないこと。

電話の最後に、彼女はこう言った。

『安心して、もう二度と、梶夏子としてあなたや浦田の前に姿を現すことはないわ。この格好はやっぱりちょっと暑苦しいから。私、もうちょっとこざっぱりした髪形が好きなんだ』

やはり、と思った。もともとベリーショートなのか。あるいは普段はベリーショートの女に化けているのか。

どうであれ、もう僕には関係のないことだ。梶夏子と名乗っていた女が、西野冴子とどんな因縁があって、こんなことを企てたのかも。

僕が関係しているのは、そう――。

『月の裏文明委員会』に仕込まれていた叙述の罠は、時代設定を誤認させるトリックだった。

『地球平面委員会』は大学生の大三郎・クイーンが主人公だ。だから、続編の『月の裏文明委員会』も同時期、あるいはその直後だと、読者に思わせるような展開になっているのだ。

実際は『月の裏文明委員会』は『地球平面委員会』の二十年後の話だった。

大三郎・クイーンはすでに結婚し、妻と娘がいるが、彼ら家族は解決編までいっさい登場しない。もしこのプロットで本当に小説を書くのなら、全編に亘って、大三郎・クイーンは実は妻帯者である、という伏線を敷く必要があるだろう。

電話で浦田は、はっきりとこう言った。大三郎・クイーンの娘が犯人です、と。

近所に越してきたシングルマザーは、正真正銘、彼が三年前に関係を持った女であり、子供は確かに彼の実の子供だった。

僕は梗概を一読し、何の疑いもなく大三郎・クイーンは独身だと思い込んでいた。だが冷静に考えれば『地球平面委員会』で独身だったから、今作でもそうだと決めつけていただけに過ぎない。大三郎が独身だとは、梗概のどこにも書いていないのだ。

大三郎の娘は偶然、街のオープンテラスでシングルマザーと父親が会って話をしている現場に居合わせてしまう。二人は大三郎の娘がいることにも気付かず、DNA鑑定の話をする。思春期の娘だ。自分に父親の不貞の結果生まれた弟がいるなど、信じたくなかっただろう。だから子供をさらった。DNA鑑定をさせないために。

それが真相。

確かに、浦田の言う通り、『月の裏文明委員会』自体は、ミスディレクションとしての意味しかないのだろう。浦田は『地球空洞委員会』のオチは、ファンタジーというか、ちょっと観念的なんです、などと言っていた。

編集者的に考えると、観念的なオチも『月の裏文明委員会』も捨てて、そのプロットで『地球空洞委員会』を書け、と浦田にアドバイスするだろう。この作品の叙述トリックは『地球平面委員会』で大三郎が大学生だったことを知っているからこそ生きるのだ。できるだけ『地球平面委員会』に近いタイトルの方が、叙述のトリックが成功しやすい。

でも、違う、と僕は思う。

この話は『月の裏文明委員会』でなければ成立しないのだ。

僕は自宅に帰った。

僕は突然現れた過去の浮気相手に会いたくなく、できるだけ会社で寝泊まりしていた。でも浮気相手がどうとか、そんなものは関係なかった。僕は最初から、この家から、家族から、逃げていた。浮気相手なんて、そんなものは言い訳に過ぎなかったんだ。

階段をゆっくりと、音を立てぬように、一歩一歩上がる。

何かが腐った臭いがする。拒食症の娘が部屋に食いかけの食べ物を溜め込んでいるんだ、と思っていた。今までは――。

梶夏子は、娘が子供をさらった犯人だと見抜いていた。だからこそ、浦田にあのようなプロットを書かせたのだ。

僕は娘がどこで、僕と浮気相手との関係を知ったのか、考えてみた。梶夏子を名乗る女が教えたのか、と思ったが、それは考えにくかった。僕が三年前に浮気していた、というだけでは脅迫するには弱い、と言っていたではないか。

浮気相手が教えた可能性も、考えづらかった。彼女は、梶夏子が完全にコントロールしている印象を受ける。彼女抜きに勝手なことはしそうにない。もししたとしても、事件後、警察に娘に会ったと証言してもいいはずだ。僕との関係は証言したのだから。

考えられる場所は、ただ一つ――あのコンビニだ。

浮気相手が越してきた直後、僕はコンビニで彼女と、ほんの二言三言話をした。

『僕の子供か？』

『そうよ』

偶然店内にいた娘が、それですべてを悟ったとしたら。

引きこもりの娘は、コンビニに行く時ぐらいしか外出しない。そしてコンビニで買った食事を溜め込んで、腐らす。だから少しぐらい娘の部屋から臭いがしても、妻はいつものことだと諦め、部屋の中を確認しようともしない。

でも、妻のせいじゃない。すべて僕が悪いのだ。

僕は娘の摂食障害をちょっとダイエットをやり過ぎただけだと軽く考え、真剣に考えなかった。不登校を起こしているにもかかわらず。妻との関係が上手くいかなくなったのは、間違いなく、僕が真剣に娘に向き合わなかったからだ。

娘は子供をさらった。そしてこの部屋に連れてきた。そして故意か事故か分からないが、殺してしまったのだろう。生きていれば、一緒に暮らしている妻が気付かないはずがない。

僕は浮気相手の子供とも向き合わなかった。正直、邪魔だと思った。この世から消えて欲しいと思った。だから娘は、僕の息子、自分の弟をさらった。そうすれば、僕が喜ぶとでも思ったのだろうか？

『死体はもう処分していると思うわ』

梶夏子に化けた、あの女の言葉が、何度も脳裏に蘇る。

『その痕跡は残っているかもしれないけど、バレやしないわ』

人一人の死体を処分するのは大変だ。だが、それが子供だったら？

娘は摂食障害だ。食べても食べても吐いてしまう。

吐けば食べなかったことと同じになると、娘が考えたとしたら？

部屋の中で、あの子供の死体を解体し、喰《く》らう娘の姿を想像する。そんなことはありえない。信じたくない。断じてそんなことは！

だが、もし、それが事実だとしたら。

娘の罪を明るみに出さなくて済むのなら、僕は何だってするだろう。たとえ一生、梶夏子と名乗るあの女の言いなりになってもかまわない。

あんな悪戯のようなことで、娘が犯した恐ろしい罪を隠し通せるなら。僕がふがいないせいで、姉に弟を殺させたという事実が、永久に隠匿されるのであれば。

僕はゆっくりと娘の部屋のドアをノックしようとする。そして浦田和男が書くであろう『月の裏文明委員会』に思いを馳せるのだ。

その小説のラストは、きっとこのような一文で締めくくられるのだろう。

人間の目の届かない秘密の空間には、想像しうる、ありとあらゆる無限の可能性が潜んでいる。月の裏側も、娘の部屋も。

第四話　十五年目の復讐

プロローグ

灰色の部屋で、私は新作の原稿を書きつらねる。主人公は私、西野冴子だ。私の友人、篠《しの》亜美。彼女はタケルという男と交際していた。しかしタケルは私のファンである主婦の家の隣に住んでいた南城萌とも二股をかけており、私の従弟が参加していたバーベキューの集まりにも顔を出した。それだけではなく、編集者との打ち合わせの席にも現れたのだ。亜美も私の友人だからタケルの標的になったと考えるのが自然だろう。つまり、タケルの本当の目的は、私だ。

私はタケルを追った。それが傍目には、タケルをストーキングしているように見えたのだろう。タケルを殺した罪で逮捕され、懲役十五年の判決を受けてしまったのだ。

黒幕は白石唯という女。私は彼女に操られ、タケルを殺した罪を擦りつけられたのだ。実は亜美も白石唯の仲間だと私は睨んでいる。私が逮捕されてから、亜美は忽然と姿を消したのだから。

亜美は白石唯の意のままに、私の指紋のついたボトルや髪の毛を用意して、私を犯人に仕立てるのに一役買った。もしかしたら、亜美こそが白石唯だったのかもしれない。そもそも高校卒業以来一度も会ったことがなかったのに、久しぶりに顔を見たいと連絡をしてきたのは亜美の方なのだ。

ここではパソコンなど持ち込めず、ノートに鉛筆書きだけど、筆は進んだ。フィクションは話を考えながら書くけど、ノンフィクションは起こったことをそのまま書けばいいからだろう。編集者は最近来てくれない。時々、私はもうお払い箱ではないかと考える。でも、そんなことはないはずだ。こんな事件があって私の本は売れただろうから。事件を取材した泉《せん》堂莉菜《どうりな》の本が売れたように。

『作家　西野冴子の真実』だっけ？　読んでみたいけど、まず認められないだろう。こんなところじゃ自由に好きな本も読めない。

何はともあれ、私の名前をタイトルにした本がベストセラーだなんて誇らしい。私の名前もこれで世間に知れ渡った。

泉堂莉菜とは一度、出版社のカフェテリアで会ったことがある。私の裁判の傍聴にも現れた。今から考えると、彼女の顔形がどことなく亜美と似ていたと思うけど、気のせいだろう。

まさか三人の女が同一人物だなんて、そんな出来過ぎた話は無い。

泉堂莉菜。

白石唯。

篠亜美。

畜生。

ちくしょう。

「ちくしょうー！」

「静かにしなさい！」

私はたちまち制服を着た女どもに取り押さえられる。国家権力に仕える雌イヌどもめ。見ていろ。私がこれで終わると思っているのか。泉堂莉菜、白石唯、そして亜美。その三人だけじゃない。私にファンレターを送ってきた主婦。タケルとバーベキューをやった従弟。あの二人が私に余計な話をもちかけなかったら、そもそもこんなことにはならなかった。編集者も打ち合わせの時に、タケルの姿を見かけたなんて、いい加減なことをほざいた。最近ここに来ないのは、それが後ろめたいからだろう。舐めやがって。ここから出たら、あいつら全員ぶっ殺してやる！

1

「変な女が取材に来たよ」

そう、夫が言った。

「泉堂莉菜って言ってたな。君に会いたいって。もちろん帰ってもらった。あの話は終わったんだからな。きっと西野冴子を取材してるんだろう。これ以上目立つようなことはしない方がいい。ただでさえ逃げるみたいに引っ越したんだから」

「私は別に目立つことなんかしてないわ」

「でも彼女に手紙を送ったじゃないか」

私と夫の視線が交差して、どちらからともなく目を逸らす。もちろん話の流れからみて、西野冴子にファンレターを送ったことを言っているのだろう。しかし夫の言葉は、否応なしにあのスミレ色の手紙を思い出させる。私が各所に送りつけた嫌がらせの手紙。

結局、手紙のことはバレてしまって、この駅から遠く離れたアパートに引っ越すはめになった。住めば都ではないけれど、気取った主婦連中だらけのあのマンションに比べれば、こちらは近所づきあいに気を使わなくていい。でもその反面、夫に頭が上がらなくなったのは問題だった。

自分の罪が大っぴらになって、あのマンションから追い出された今、私は堂々と夫に南城萌のことや、白石唯のことを追及できるはずだった。しかしそれができないのは、やはり夫に夜逃げ同然にここに越させた負い目があるからか。

あるいは私も夫に殺されるかもしれない、という恐怖のせいか。まあいい。大人しくしていれば、これ以上のトラブルは起こらないだろう。もう腹の立つことがあっても、スミレ色の手紙は送れない。別のストレス解消の手段を考えなければ。

スミレ色の手紙のアイデアを思いついたのは西野冴子の小説を読んだからだ。今、彼女は評判が失墜して、作品はほとんど絶版状態だ。会った時は普通の人間だと思ったけど、そもそもファンレターを送ったぐらいで簡単に会えたのだから、彼女も切羽詰まっていたのだろう。男にのめり込み過ぎるとあんなふうになるという実例だ。

——でも、私も人のことは言えないかもしれない。

男ではなく、女にのめり込むこともある。白石唯との一時は今でも私の記憶に、熱く、強く、焼きついている。あの一時をもう一度味わうためなら、私もなんだってするかもしれない。西野冴子のように人生を破綻させても。

それから数ヶ月後だった、夫に取材を申し込んだ泉堂莉菜が書いた『作家　西野冴子の真実』が出版されたのは。

私も買って読んでみた。元々私は西野冴子のファンなのだ。新作が読めなくなった寂しさは、こういうスキャンダラスな暴露本で埋めるしかない。それでなくても、私は今回の事件の当事者と言えるのだ。

本には西野冴子が起こした事件の一部始終が書かれていた。それだけではなく、生い立ちや人となりまで。私はむさぼるようにその本を読んだ。生まれがすべてだとは思わないけれど、少なくとも、こういう人生を送ったらああいう人間になることだけは理解できた。私もこんな島流しのような生活を送っているけれど、彼女に比べればまだマシだ。私の罪はせいぜい、スミレ色の手紙を送りつける程度。彼女とは違う。

本には白石唯の名前もあった。心底ぞっとする。私は西野冴子だけではなく、白石唯にも会っている。もしかしたら、私も彼女らの爛《ただ》れた関係に巻き込まれて命を落としていたかもしれない。白石唯とのあの一時を再び味わいたいと言っても、殺されるのはごめんだ。

でも大丈夫、事件はもう終わったし、あのマンションからもとうに引っ越した。だからここで大人しくしている限り、狙われることはないだろう、と自分に言い聞かせた。

しかし『作家 西野冴子の真実』がベストセラーになるにつれ、私の不安は増す一方だった。たとえここに隠れ住んでも、本が売れれば野次馬根性で私を探し出す者が現れないとも限らない。私と白石唯の関係が暴かれれば、彼女も黙ってはいないだろう。

そして、ある日、私はテレビで泉堂莉菜の姿を見た。

ニュース番組の、話題の本の著者にスポットを当てる企画だった。私は知らなかったが、彼女は戦後に起こった警察官殺人事件の犯人と目される男の孫だという。冤罪を主張しながら獄中で亡くなった祖父の無念を晴らすため、ジャーナリストになったのだそうだ。

その事件は、殺された警察官の名前をとって新村事件と呼ばれていた。泉堂莉菜は前々から冤罪をテーマにした討論番組に出演したり、新村事件の本を出版していたが、今回の西野冴子の事件で、一気に知名度が上がった感があった。

新村事件を世間に知らしめるために、話題になった事件の本を書いて、自分の名前を売ろうというのだろう。それは別にどうでもいい。問題は、泉堂莉菜の外見だった。

ジーンズに革ジャンではなかったけれど、ベリーショートの髪形は同じだった。私は一目見ただけで泉堂莉菜に心を奪われた。思ったのだ、白石唯に似ていると。いや、似ているなんてものじゃない。瓜二つだ。

　これは私の思い込みだろうか。白石唯との一時が忘れられないから、似たような女を見ただけで、同一人物だと思うのだろうか。

　違う。

　白石唯と、彼女が登場するノンフィクションの作者が似ているのだ。これが偶然で済まされるのだろうか？

　偶然かもしれない。

　白石唯は夫を誘惑して、私がスミレ色の手紙の差出人だと知ったのだ。もし、泉堂莉菜が白石唯に化けていたならば、堂々と夫に取材に来るはずがないではないか。仮に来たとしても、それをわざわざ夫が私に言うはずがない。

　――それとも、白石唯と夫に関係があった、ということ自体が、私の妄想なのだろうか。

　私は毎日、そんなことを考えて悶々とした日々を過ごしていた。だから、

「また取材の申し込みが来たよ」

　と夫が言った時、驚いて手に持った湯飲みを取り落としてしまった。

「あーあ、何やっているんだよ」

　ごめんなさい、と言いながら、私は台拭でテーブルに零《こぼ》れたお茶を拭いた。

「取材って、あの人？　泉堂莉菜」

私は動揺を抑えて訊いた。

「いや、桑原って記者。フリーって言ってたかな。でも『週刊標榜』ってあるだろう。あの雑誌に記事を書いているみたいだ」

「へえ――」

適当に相槌を打つ。泉堂莉菜じゃないのか。落胆と安堵が入り交じった複雑な気持ち。

「話を聞きたいって言うけど、どうする？」

「え？」

思わず聞き返す。てっきり泉堂莉菜の時のように、追い返したと思っていたのだ。

「あの事件のことじゃなくて、泉堂莉菜のことを取材しているんだって。あれだけ本が売れたら、本の著者も取材対象になるんだな」

「その人の取材を受けろって言うの？」

「いや、だって。泉堂って女が来た時は前のマンションのことを訊いてきたから。そんな取材受けられないだろ。でも桑原は泉堂莉菜のことを訊きたいって言うから」

そうは言っても、その桑原という男に泉堂莉菜のことを話したら、彼女が何の目的で取材に来たのかも話さなければならなくなるのは、目に見えている。

「あれだけ金儲けすると、やっぱり後ろぐらいこともあるんだな」

と夫は言った。あるいは夫は本がベストセラーになった泉堂莉菜に嫉妬しているのかもしれない。ましてや、その本の取材に一度は夫の元を訪れたのだ。それなのに取材拒否をした。あの時、取材を受けていたら、謝礼ぐらいはもらえたかもしれない。そんなみみっちい後悔があるから、泉堂莉菜のスキャンダルを暴くであろう桑原の取材に協力する気になったのか。

「あなたに取材したいって言うの？」

「ああ。泉堂莉菜と直接会ったのは俺だから。でも、奥さんとも話したいと言ってた。何でかな。君は会ったことないんだろう？」

「え、ええ」

心の動揺を悟られないように、私は答えた。

何らかの理由で、泉堂莉菜は事件の関係者の白石唯に化けて私を誘惑した。その事実を、桑原はつかんだのだ。

――考えすぎだろうか。

泉堂莉菜は西野冴子の取材をしていたから、その桑原というライターは、彼女にファンレターを出したことがある私に話を聞きたいだけなのかもしれない。『作家　西野冴子の真実』

はベストセラーになった。二匹目のドジョウを狙う有象無象のジャーナリストの、桑原も一人なのだろうか。

迷った末に、私は夫と共に、夫の職場近くの喫茶店で、桑原と会った。銀次郎という大仰な名前で、私は何度も名刺を見返してしまった。

正直、何の用件か分からなかったから、一人で会いたかった。だが、そんなことを言い出したら夫に不信感を抱かれるに決まっている。それに、夫が同席していても差し障りないのなら、白石唯の話ではないのだろう。

「西野冴子という作家をご存じですか？」

予想通りのことを質問されたので、私は安堵する。だが、安心するのはまだ早い。私は、あの脅迫状の指示通りに、西野冴子にファンレターを送ったのだ。恐らく脅迫状の主は白石唯だろう。西野冴子がしでかした事件にあのファンレターも一枚嚙んでいるとしたら、桑原の追及は避けられない。ましてや私にはスミレ色の手紙の前科もあるのだ。

「私は面識はないです。彼女のことを聞きに泉堂莉菜さんが来ましたが、お引き取り願いました。あの時は、前のマンションから越してきたばかりだったので、騒ぎを起こしたくなかったんです」

前のマンションでトラブルがあったことを匂わせるような発言だったが、桑原は深くは訊《たず》ねてこなかった。もしかしたら、すでに前のマンションの住民から、私達のことを聞いているのかもしれない。

「率直にうかがいます。あなたは西野冴子に、前のマンションでお隣だった南城萌さんが亡くなった事件を手紙で相談しましたね」

「――はい」

頷きつつも、私は夫を横目で見やった。夫の表情は変わらなかった。

「その際の西野冴子の様子はどんなでした？」

桑原の質問の意図は分かった。報道で知ったが、西野冴子は法廷で暴言を吐きまくり、裁判官や裁判員に著しく悪い印象を与えたという。情状酌量の余地が一切ない判決が出たのも、そういった彼女の性格が関係しているのは間違いないらしい。

「無罪を主張しているんですね？」

と夫が言った。

「はい。でもあの様子じゃあ、誰も耳を傾けないでしょう」

『作家　西野冴子の真実』には、どのような生い立ちを経て、彼女があのような暴言を吐く人間になったかまで克明に描写されていた。それが普遍的なことなのか、それとも彼女だけの特別なことなのかは分からない、でも私は思うのだ。

　ああいう性格だから、罠にはめられたのだと。白石唯は、誰も彼女を信用しないのを分かっていたのかもしれない。

「会った時は、そんな感じではなかったですけど」

　と私はつぶやく。

「だいたいそうさ。そういう奴って、普段は普通なんだ。それが何かをきっかけにブチ切れて歯止めが利かなくなる」

　西野冴子は、今もその状態が続いている、ということなのだろうか。

　――もし彼女が言うように、西野冴子が本当に冤罪なら。

　刑務所で怨嗟《えんさ》でのたうち回る彼女を想像する。きっと般若のような恐ろしい形相で、自分を罠にはめた白石唯を呪っているだろう。しかし私も白石唯の共犯なのだ。彼女にファンレターを送ったのだから。

　もし西野冴子が白石唯だけではなく、私をも恨んでいるとしたら。

「西野冴子は今回の事件の関係者に恨みを抱いていると言います。その第一候補は間違いなく泉堂莉菜でしょう」

　まるで私の危惧を悟ったかのように、桑原は言った。

「『作家　西野冴子の真実』はベストセラーになりました。西野冴子の著作の売り上げは、その足元にも及ばないどころか、絶版状態です。自分のことを書いた本が自分の本より売れているのだから、面白くないはずです。法廷で西野冴子が傍聴席の泉堂莉菜に言った言葉、ご存じですか？」

私は頷いた。答えたのは夫だった。

「『すべてはお前が自分の本を売るために仕組んだんだ！』でしたっけ？」

「そうです。今回の一連の出来事で、利益を得たのは間違いなく泉堂莉菜ですからね。泉堂莉菜は西野冴子の復讐を恐れて戦々恐々としてるって噂です」

「でも、懲役十五年でしょう？　刑務所から出てくるのは当分先の話ですよ」

「確かにそうでしょう。西野冴子は刑務所でも問題を起こしていて、模範囚とは言い難い様子だそうです。仮出所も認められないでしょう。でも間違いなく十五年後はやって来ます」

「刑務所から出た西野冴子が、泉堂莉菜に復讐すると？」

桑原は頷く。そして恐れていた言葉を口にした。

「泉堂莉菜だけではありません。今回の事件の関係者、全員に」

私は言った。

「ひょっとして、それって私もですか？」

桑原は否定しなかった。

「そんな――妻は、ファンレターを送っただけでしょう？」

「西野冴子は奥さんに、鈴木健さんの写真を見せましたよね。そうして被害者を確認して、今回の凶行に及んだとも考えられます」

「とんだとばっちりだ。逆恨みもいいところじゃないか」

夫が吐き出すように言った。

「確かに逆恨みです。しかし西野冴子にそう諭したところで、意味はないでしょう。奥さんだけじゃないんです。やっぱり被害者と面識があったと思われる従弟、それに担当編集者にも恨みを抱いているふしがあります」

「――それで、どうしろと？」

「ですからこうしてうかがったのです。西野冴子と会った時のことを、詳しく伺いたいと」

「記事を書くためですか？」

「はい」

そんなことをしたところで、西野冴子の私に対する殺意が消えるとは到底思えなかった。

桑原は、十五年後に西野冴子が出所した時に備えて、今から取材をしているのだろう。俗に言う、唾をつけておく、というやつだ。

「あなたが西野冴子をけしかけて、妻を狙わせるんじゃないでしょうね？」

その夫の発言に、桑原は一瞬目を丸くしたが、すぐに真剣な顔に戻って、言った。

「そんなことをしたら、私はこの業界で仕事ができなくなります。だからこそ泉堂莉菜を追及したいんです。もし今仰ったようなことを泉堂莉菜が行ったなら、見逃せません」

「泉堂莉菜が何をやったって言うんですか？」

「――彼女が自分の本を売るために、西野冴子が起こした事件に一枚嚙んでいるということも、可能性としてはありえますからね」

そう言って桑原は言葉を切った。

つまり私の前に現れた白石唯は、泉堂莉菜の変装という可能性もあるというわけだ。

やはり、彼女は――。

その後も、夫と桑原は何か話していたが、私はほとんど耳に入らなかった。

泉堂莉菜、白石唯同一人物説は、あくまでも可能性だ。確実なものではない。

確実なのは、たった一つ。

あの西野冴子が、私を狙っている。十五年後に、復讐しようとしている。

桑原との取材を終えて、自宅に帰っても、私の頭からは、西野冴子に対する畏怖がこびりついて離れることはなかった。十五年後など先の話だと、笑って済ませるべきだろうか。

悶々とした日々を過ごしていると、ある日の夜、私の携帯電話が鳴った。

白石唯からだった。

彼女は言った。

『桑原銀次郎って知ってる？』

2

「うちも人殺しの身内になっちまったな」

父が言った言葉が脳裏に焼きついて離れない。

従姉の西野冴子が起こした殺人事件は、我が家にも少なからず影響を及ぼした。面と向かって罵声を浴びせてくる人間がいないのが救いだが、職場でも肩身の狭さはどうしても感じる。恐らく出世の芽はつぶれただろう。今の時代、差別はこうやって目に見えない形で行われるものだ。

妻は一日中家にいるのだから、近所の目が気になるだろうと思ったが、意外と平気な様子だ。むしろ面白いことになったと喜んでいるふうにも思える。

そのことについて話したことはないが、妻は西野冴子をライバル視していた、と俺は見ている。専業主婦の妻は、作家という仕事をしている従姉を、自立して女一人で生きているなんて凄いわねえ、とたびたび言っていたからだ。それはつまり、彼女は独身だけど自分は結婚しているという、優越感の裏返しだ。これで子供さえできれば、更にリードできる。それを面白く思わない西野冴子が自分を突き飛ばした——どうやら妻は本気でそう思っているようなのだ。

一緒に暮らしている夫婦だ。言葉の端々からそれが分かる。俺だって交際のもつれで男を殺すような女は、もしかしたら妊婦を歩道橋で突き飛ばすぐらいのことはするかもしれない、と思う時もある。少なくとも兄にやられたより数段マシだ。

——西野冴子。

ホテルのロビーで妻が流産したことを相談したのが、彼女と会った最後だ。あの時は、高原のバーベキューの集まりにやってきたタケルを、妻を突き飛ばした犯人として疑っていた。でも、結果として西野冴子にタケルのことを教えてしまい、彼女があんな事件を起こすきっかけを与えたことになる。つまり、俺が今こんな肩身の狭い思いをしているのは、俺自身のせいかもしれないのだ。

西野冴子に相談する気になったのは、唯にそう言われたからだ。

——白石唯。

不倫相手の彼女のことを考えるたび、俺は西野冴子の取材に来た、あのジャーナリストを思い出す。

——泉堂莉菜。

唯はどんな顔をしていただろう。不思議と思い出すことができない。一年間付き合っていたが頻繁に会っていたわけではない。不倫の証拠が残るから、写真も撮らない。会うのはきまって夜だし、ホテルの照明も薄暗かったから、はっきり覚えていないかもしれない。

正直、マスコミの取材なんて、すべて断っていた。父はああは言っているが、従姉だから四親等だ。そんな離れた関係まで身内扱いされてはたまらない。もちろん彼らも仕事だから、親族に限らず、西野冴子のことを知る者すべてに声をかけているのだろう。しかしやはり特別視されているようで、いい気持ちはしない。

にもかかわらず、その泉堂莉菜の取材を受ける気になったのは、彼女が唯にとても良く似ていたからだった。会社に押しかけてきた過去の不倫相手似のジャーナリストを追い返す勇気は俺にはなく、終業後、こちらが指定した喫茶店で、彼女の取材を受けた。

いくら雰囲気が似ていたとしても、自分からそれを問い質すわけにはいかなかった。唯との関係は、絶対の秘密だった。もし、何の関係もなかったら、墓穴を掘ることになる。それ以前に、いくら唯が奔放な女でも、ジャーナリストに化けてまで、俺に会いに来るとは考え難いものがあった。

彼女とは終わった。白石唯は幻の女だったのだ。もう二度と会うこともない。

「わざわざお時間を割いていただき、ありがとうございます」

泉堂莉菜は、そう言って頭を下げた。

「あの。言っておきますけど、西野冴子とはお正月ぐらいしか会わなかったから、特別なことは何も知らないんですけど」

「存じています。それでも親族の方ですから、彼女の人となりを教えて頂きたいんです」

「人となりと言われても――確かに、彼女に妻が流産したことを相談しました。今から考えると不用意だったかもしれません――」

妻が流産したなどと言う必要はなかった。だがあえて言ったのは、泉堂莉菜の反応を見たかったからだ。白石唯も妻が流産したことを知っているのだから。

泉堂莉菜は、お気の毒です、と短く言っただけで、特段変わった反応を見せなかった。

「――最初は、いつもと同じ様子だったんですけど、タケルの名前を出すと急に興奮し始めました。彼に執着している様子でした」

泉堂莉菜の正体を疑いつつも、俺は淡々と取材に答えていた。しかし次に彼女が口にした名前で、俺は心臓を鷲摑みにされたような気持ちになった。

「ところで、白石唯という名前に心当たりは？」

俺は飲んでいるコーヒーを噴き出しそうになるのを我慢して、泉堂莉菜を直視した。

泉堂莉菜は一瞬、何故、俺がそんな目で自分を見るのか分からないといった顔つきになったが、すぐに俺に微笑み返してきた。

落ち着け、と自分に言い聞かせる。もし彼女が白石唯だったら、自分からその名前を言い出すはずがない。

「私がそんなに白石唯と似ていますか？」

と泉堂莉菜は、俺の心を見透かしたような発言をした。

「あの、その、何ていうか——ごめんなさい。いきなりあの女の名前を出されて戸惑ってしまって。タケルと以前、付き合っていた女でしょう？」

俺はどれだけ訊きたかったか、君が白石唯ではないのか？　と。だが言えなかった。それを口にしたらすべてが破滅してしまう気がしたから。

もちろん白石唯と不倫していたなどと言えるはずもなく、俺が彼女と面識がある理由は、西野冴子のファンだから彼女の方から従弟の俺に近づいてきた、ということにした。自分でも苦しい説明だと思う。

「へぇ――」

などと泉堂莉菜は言った。まったく納得している様子ではなかったが、それ以上追及してはこなかった。

「西野冴子が起こした事件に、その白石唯が絡んでいるという疑いが出てきたので、こうして話を伺っているんです」

「白石唯が従姉をけしかけたと？」

泉堂莉菜は頷き、言った。

「ですから、白石唯のことについてご存じのことがあれば、どんな些細なことでも教えて頂きたいのです」

だが俺は真実を隠し通し、当たり障りのないことだけを答えて、彼女の質問をかわした。

俺は彼女と別れた後も、何故泉堂莉菜は白石唯と似ているのだろう、とそのことばかり考えていた。

その日の夜。自室で俺は、もらった名刺に記載されていたホームページのアドレスにアクセスしてみた。彼女は新村事件という、警察官が殺された事件で死刑判決を受けて獄中死した被告の孫だという。ジャーナリズムの世界では有名人のようだ。彼女の正体が分かって、俺は少し安堵した。白石唯と彼女が同一人物だなんて、やはり俺の妄想だったのだ。

万が一、白石唯が彼女に成りすましていたとしても、有名人なのだからいくらでも確かめる術がある。唯も、そんなすぐバレる悪戯などしないだろう。

俺は胸を撫で下ろし、パソコンをシャットダウンしてから、寝室の、妻の隣の布団に潜り込んだ。そして目を閉じ、眠りにつこうとする寸前、ある考えが脳裏をよぎった。

白石唯が泉堂莉菜に成りすましていたのではなく、泉堂莉菜が白石唯に成りすましていたとしたら。

彼女はジャーナリストだ。西野冴子、白石唯、タケル、その三人の関係を、以前から把握していたのかもしれない。だからこそ、白石唯に変装して、俺を誘惑したとは考えられないだろうか。西野冴子にタケルを殺させるために。

でもいったい何のために？

泉堂莉菜は俺の取材だけでは満足できなかったらしく、後日、スーパーで買い物をしていた妻を待ち伏せて、彼女にまで話を聞いたらしい。正直ぞっとしたが、妻は無邪気にそのことを俺に報告してきたので、多分、大した話はしなかったのだろう。ただ、また新たな問題に直面するかもしれないという不安があった。

あの池袋のバーで唯と出会ったことで、俺たち夫婦は、短い間だったが混乱と疑心暗鬼の渦に呑み込まれた。それが再び始まるのかもしれない。泉堂莉菜との出会いがきっかけで。

泉堂莉菜の書いた『作家　西野冴子の真実』が出版されたのは、それから数ヶ月後のことだった。元から注目されていた事件でもあるからだろうが、順調に版を重ねているという。

もし西野冴子にタケルを殺させたのが泉堂莉菜だったとしたら、何故そんなことをしたのか、という理由はこれで分かった。本を売るためだ。事件を仕組んだのが彼女なら、誰よりも詳細なノンフィクションが書けるだろう。

俺も取材を受けたから一冊もらったが、正直複雑な心境だった。俺は世間では犯人の身内と見なされている。今は息をひそめて、事件が風化されるのを待っている状態だ。それなのにこんな本が売れてしまったら、世間は永久に事件のことを忘れないのではないか。

不安は的中し、俺はまた新たなマスコミの取材を受けるはめになった。もちろん最初は断ったが、最終的に取材を受けることにしたのは理由がある。フリーライターだという彼は西野冴子の事件ではなく、泉堂莉菜について調べていると言うのだ。

桑原銀次郎という大仰な名前のライターだった。週刊標榜に記事を書いているという。有名な雑誌だから、喫茶店や病院の待合室に必ず置いてあるが、わざわざ自分で買ったことはない。

「奥さんも泉堂莉菜の取材を受けたようですね。しかし私はご主人からお話を伺いたかったのです」

その桑原の言葉がどこか意味深に響いた。妻だって泉堂莉菜と会っているのだから、取材したっていいはずだ。にもかかわらず妻ではなく俺の話を聞きたいのだという。

「でも彼女の人となりなんて分かりませんよ。取材を受けただけですから」

俺が教えて欲しいぐらいだ。

「私なんかに話を聞かなくても、もともと有名な方なんでしょう？」

と俺は訊いた。

「はい。しかし彼女には隠された一面がありましてね——私も過去に、彼女を告発しようとして手痛い反撃を受けたことがあるんです。今度こそ尻尾をつかみたい」

「何だかオーバーですね」

俺は桑原が冗談を言っていると思い軽く笑ったが、彼はいたって真面目そうだった。

「あれはとんでもない女ですよ。新村事件の関係者という立場を利用して、いろんな人たちを手玉にとっているんです」

白石唯と泉堂莉菜が、記憶の中でオーバーラップする。泉堂莉菜はともかく、白石唯にかんしては、俺は間違いなく手玉に取られたと言えるだろう。

「――どうして、そんなことを？」

「言うまでもありません。この業界でのし上がるためです。彼女にも同情すべき点はあります。新村事件の犯人の孫として、子供の頃から世間に責め苛まれていたでしょう。少なくとも新村事件にかんしては彼女には何の罪もありません。理不尽だったでしょうね。そんな幼少期を経れば、地位や名誉を得るためになりふり構わない大人になるのも理解できます」

その時、初めて思った。殺人者の従姉を持った俺も、彼女と同じなのかもしれないと。もちろん、人格が形成される子供時代からそうだった彼女と俺とを、一概に比べることはできないかもしれないが。

「そんな彼女が、何故従姉が起こした事件に関心を持ったのでしょうか。その新村事件、ですか？　今回の事件とは、何の関係もありませんよね？」

すると桑原は含みを持たせたような声で、

「実はあるんです」

と言った。

俺は思わず黙った。

「正確には新村事件そのものではなく、それを追う泉堂莉菜の個人的な動機といいますか

――まだ調査の段階なので、ここでお教えするのはご勘弁願いたいのですが。もちろん記事になったら、真っ先にお伝えします」

俺は頷いた。本当は今すぐに知りたかった。その個人的な動機のせいで、こんなことになっているのかもしれないのだ。だがしつこく追及などしたら、俺が泉堂莉菜に特別な感情を抱いているのがバレると思って、黙っていた。

「今回、奥さんではなく、ご主人にお話を伺いたいと思ったのも、実は理由があるんです」

「私、ですか?」

「池袋の――というバーをご存じですか?」

唯と出会ったバーだった。

俺はコーヒーカップの柄を握りしめて、桑原を直視した。知っていると言っているも同じだった。

「だからこそ、ご主人だけと会いたいと思ったのです。ご心配なく、あなたのプライバシーを暴くのが目的ではありません」

「何が言いたいんだ?」

感情的になるのは後ろめたいことがあるからだ。それは分かっているのに、いらだちは押さえられない。この桑原銀次郎という男は、俺と唯の関係を知っているのだ!

しかし——と思い直す。今回の取材でそのことが問題になるのなら、桑原は泉堂莉菜と白石唯が同一人物であるという証拠をつかんでいるのではないか？

俺は席を立ちたい気持ちを押さえながら、桑原の話を聞いた。

「私は泉堂莉菜の周辺を追ううちに、彼女の行きつけの店を見つけました。それがあの池袋のバーです。今はまだ調査中ですが、彼女はバーのマスターを懐柔しているようです。身体を与えたのか、それとも弱みを握ったのか」

——あのマスター。

『はい。あのお客さんは、ずっとお一人でお酒を飲んでいました』

まるで『幻の女』の登場人物のように、彼はそう言った。唯の仲間であることは間違いないと思った。そのマスターが泉堂莉菜と特別な関係であるというなら——。

「あのバーを張り込んだこともありました。すると偶然見かけたんです。店を出てくる、あなたと泉堂莉菜を」

「あれは唯だ——」

絞り出すような声で、俺は言った。

「白石唯は西野冴子と小学校時代に面識があります。それを知った泉堂莉菜が、西野冴子を牽制するために白石唯に成りすましたんでしょう」

　俺が考えていた通りのことを、桑原は言った。心の中にあるだけなら妄想で済まされる。だが第三者の口から聞かされると、客観的な事実に他ならないように思ってしまう。

「泉堂莉菜があなたに接触したのは、あなたが西野冴子の従弟だからです。今回の事件の被害者の名前を、西野冴子に相談した時に口にしたんでしょう？　そうやって泉堂莉菜は、自分は表に出ないで西野冴子をけしかけて、追い詰めていったんです」

「もし泉堂莉菜が白石唯と同一人物なら、俺に取材を申し込むはずがないじゃないか」

　その発言は、取りもなおさず、俺が白石唯（と名乗る女）と面識があることを白状するに等しいものだった。しかし桑原に彼女と一緒にバーから出てくるところを目撃されたのだ。きっとホテルに入るところも見られているに違いない。それを言わないのは彼なりの優しさであって、今更どうあがいても誤魔化しようがないだろう。

「彼女は白石唯と同一人物でしたか？」

「――似てると、思った」

「では別人ですか？　そう言い切れますか？」

　俺は答えられなかった。

「彼女の大学時代のあだ名、ご存じですか？　Mの女――メタモルフォーゼのMです。変わる女。変身する女。泉堂莉菜は変装の名人だそうです。新村事件の犯人とされた泉堂哲也の孫だから、もしかしたらマスコミに追い回されることもあったかもしれません。それで変装が上手くなったと考えられます」

　俺は文字通り桑原の前で、頭を抱えた。唯と過ごした時間が、取材にやってきた泉堂莉菜の声が、子供が流れた直後の妻の絶望に満ちた表情が、ない交ぜになって俺を責めたてた。

　俺を見つめる、桑原の冷たい視線を感じた。

「――あんたは俺にどうしろって言うんだ」

「どうしろとも言いません。あなたと白石唯に化けた泉堂莉菜の関係は、私の胸にだけ秘めておきます。ただ泉堂莉菜のやっていることは見逃せない。それにあなたに対する警告という意味もあります。西野冴子は泉堂莉菜を恨んでいて、刑務所から出たら殺してやると息巻いているそうです。『作家　西野冴子の真実』を売るために、今回の事件が仕組まれたと気付いているようですからね。もしかしたら、あなたにも危害が及ぶかもしれない」

「何で俺が？」

「確かに、あなたは泉堂莉菜に騙されて、西野冴子にタケルの写真を見せた。あなたも利用された被害者と言える。でも西野冴子にそんなことは分からない。もしかしたら、泉堂莉菜とあなたがグルになっている、ぐらいのことは考えているかもしれません」

「――そんな。とばっちりもいいところだ」

桑原は頷く。

「仰る通りです。あなただけじゃありません。西野冴子にファンレターを送った主婦、そして西野冴子の担当編集者にも泉堂莉菜が接触した可能性があります。だから泉堂莉菜がやったことを暴いて、西野冴子に伝えなければならないと考えています。あなた方は弱みを握られて動いただけで、決して恨まれるような人々ではないのだと」

従姉に恨まれていると思うと、背筋が寒くなった。十五年も経ったら、そのファンレターを送った主婦も、編集者も、生活を変えてしまって探し出せない可能性もあるだろう。しかし俺は彼女の親族だ。十五年後、一番復讐しやすい人間は、間違いなく俺ではないか。

十五年は長い。しかし過ぎてしまえばあっという間だ。

俺は顔を上げ、桑原の顔を見つめ、言った。

「俺にどうしろと？」

「あなたの前に現れた白石唯という女のことを、漏れなく教えて欲しいんです。もちろんプライバシーには最大限配慮します。あなたにとって不都合なことにはならないと、お約束します」

どんなことになっても、仮に不倫が発覚したとしても、殺される以上の不都合はないのは言うまでもなかった。

桑原に話せるだけ話して、取材は終わった。彼はこれから西野冴子が本を出していた出版社に出向いて、彼女の担当編集者に話を聞くという。

白石唯から電話がかかってきたのは、桑原の取材を受けたその日の夜だった。

彼女は言った。

『あなたの従姉の西野冴子に、ちょっと伝えて欲しいことがあるのよ』

3

『畜生！　あの女、私をハメやがって！　あの女がタケルを殺したんだ！　私じゃない！　私じゃないんだよ！』

逮捕された時の、あの西野冴子の怒鳴り声は今でも脳裏に焼きついている。正直、都合が悪くなると暴言を吐くという噂は聞いていたけど、いくらなんでもあそこまで豹変するとは思わなかった。

テレビのニュースで知ったのだが、彼女は普段から店などに入ると些細なことで激昂し、店員を怒鳴りまくるクレーマーとして有名だったという。近所のコンビニの店員や、近隣住民などは、インタビューアーの質問に――もちろん顔を隠していたけど――いつかこんな事件を起こすと思っていた、とか、逮捕されてホッとした、などと語っていた。そんな女と長年仕事をしていたと思うと、ぞっとするものがある。

しかし、これで終わった訳ではない。彼女はいずれ出所する。あんな性格だ。まず間違いなく自分をハメた人間に復讐するだろう。その第一候補としてもっともふさわしい人間は、僕なのは間違いなかった。

僕は彼女の担当編集者で付き合いが長い。にもかかわらず彼女を助けてやらなかった。もちろんしてやれることは何一つないが、独善的な彼女は僕に見捨てられたと思うだろう。僕は今の仕事を続けていくつもりだ。この歳でまったく違う業種に転職するのは現実的ではない。たとえ会社を変えたって、同じ出版業界の人間だ。僕の居所はすぐに知れる。出所した西野冴子が、一番てっとり早く見つかる僕に復讐するのは間違いないと思った。

これは根拠のない妄想ではない。僕が西野冴子を突き放したことは、獄中の彼女自身も分かっているはずだ。

あの『作家　西野冴子の真実』がベストセラーになったせいで。

囚人にどの程度自由があるのかは分からない。自分が起こした事件についての本は、もしかしたら閲覧が認められないかもしれない。しかしこれだけベストセラーになっているのだから、西野冴子がその本の存在を知ることは難しくないだろうし、出所すればいくらでも自由に読めるのだ。

——泉堂莉菜。

あんな本を出版するぐらいだ。当然、出所後に自分が御礼参りに来られる可能性を想定しているだろう。あれだけ稼げば、警備が厳重な家に住むことも、海外に逃げることも可能だ。あの本の取材を受けた人間のことなど、考えもせずに。

もちろん本には、僕の実名は出ていない。だが一緒に仕事をしたことのある編集者とあるし、関係者が読めば誰のことだかは一目瞭然だ。

それだけではない。僕は西野冴子が起こした事件に、間接的にでもかかわっているのだ。梶夏子——正確には梶夏子に化けていた女——は、西野冴子にちょっとした悪戯をしてもらいたいと頼んできた。その悪戯とは、次の三つだ。

1　西野冴子にジャーナリストの泉堂莉菜が養子かと訊ねられたら、イエスと答えろ。
2　西野冴子にスズキタケルという男の伯父夫婦の現住所を訊ねられたら、次の住所を教えろ。どこで調べたか訊ねられたら、ネットで検索してこのサイトで見つけたと答えろ。

3　西野冴子と仕事の打ち合わせをすることがあったら、スズキタケルを見たと嘘を言え。

僕は彼女が言う住所とサイトのアドレスを必死でメモした。拒否するという選択肢はなかった。彼女は僕の家族の秘密を握っているのだ。でも正直、最後の三番目以外はそんな質問を西野冴子がするかどうか分かりゃしない、とタカをくっていた。だから、本当に彼女がその質問をしてきた時は、戦慄にも似た衝撃を覚えた。

西野冴子は僕を顎で使い、あれを調べろ、これを調べろと、やりたい放題だ。だが裏を返せば、それだけ信頼されているのだ。僕が差し出す情報を、彼女は疑わないだろう。だからこそ梶夏子は担当編集者の僕に近づいてきたのだ。西野冴子に殺人を犯させるために。

『作家　西野冴子の真実』を読んだ彼女が、その事実に気付いたとしたら？

泉堂莉菜が本を執筆するにあたって、僕も彼女から取材を受けた。以前、西野冴子が泉堂莉菜と会いたいと言うので、会談をセッティングしたことがある。その時はまさか二人の関係がこんなことになるとは夢にも思っていなかった。その際、泉堂莉菜と面識ができたので、取材に来やすかったのだろう。泉堂莉菜は遠慮する素振りを微塵も見せず、僕に根掘り葉掘り訊ねた。

『どうして噂を確かめもしないで、私が養子だって西野冴子に言ったんですか？』

『タケルの義理の兄の住所をどこで知ったんですか？』

『打ち合わせの場所にタケルが現れたというのは本当ですか？』

僕はしどろもどろになりながら、噂で聞いただとか、梶夏子に言われたようにネットで見ただとか、タケルに似た人で本人かどうかは分からない、などと適当に答えた。その場はそれで終わったけれど、きっと信用していなかっただろう。

『作家　西野冴子の真実』がベストセラーになって間もなくして、こんなメールが届いたからだ。


『お世話になっております。先日はインタビューさせていただいて、どうもありがとうございました。

どうしても不明な点がありましたので、ご連絡差し上げました。

以下の二点です。

1．西野冴子との打ち合わせの席でタケルの姿を見たのは、結局人違いということですが、あなたははっきりと、見た、と断言したと西野冴子から聞いています。失礼を重々承知でお尋ねしますが、あなたはひょっとして、あの時、本当にタケルの姿を見たのではありませんか。あるいは、何か意図があって嘘をついたのではありませんか。
2・鈴木健の義理の兄、小松長治の住所をあなたはネットで調べたと仰いましたが、あなたに教えられたサイトは既に閉鎖されていました。そのこと自体はよくあることですが、あのようなアンダーグラウンドなサイトをどのようにして見つけられたのでしょうか。

失礼なご質問かと存じますが、お返事お待ちしております。あなたにとって不都合な情報は世に出さないとお約束します』

僕は恐ろしくなった。泉堂莉菜は僕を疑っているのだ。梶夏子に相談したかったが、もう彼女と連絡を取る手段はない。どうすることもできず、結局、泉堂莉菜からのメールは無視した。でも同じ出版業界の人間だ。どこかで顔を合わせるかもしれない。各種パーティーの席はもちろん、社内だって安心はできない。メールの返事を出さない僕に業を煮やして乗り込んでくる可能性だってある。

そんな折りだった、桑原銀次郎というフリーライターの取材を受けることになったのは。
『作家　西野冴子の真実』がベストセラーになったことから、西野冴子自身もにわかに注目を集めるようになった。絶版状態の本もネットで高値で取引される事態となり、担当編集者の僕にも取材の依頼が舞い込んだ。ただ自社の雑誌の取材以外、すべて断っている。出版社の社員が他社の雑誌の企画に協力できない、というのが表向きの理由だが、本音は違った。

あちこちで取材など受けたら、泉堂莉菜の目に留まるかもしれない。あれだけ取材を受けているのに、どうして私の質問に答えてくれないのかと、追及されないとも限らないからだ。

だから桑原銀次郎というフリーライターの取材も、断るつもりでいた。しかし取材を受ける気になったのは、彼が西野冴子ではなく泉堂莉菜のことを訊きたいと言うからだった。

あれだけ売れたノンフィクションだ。著者のスキャンダルを暴こうというマスコミが現れても不思議ではなかった。泉堂莉菜が失墜すれば、誰も彼女を相手にしなくなる。もう彼女を恐れる必要もなくなるのだ。

終業後、社内のカフェテリアで桑原の取材を受けた。以前、西野冴子と泉堂莉菜の会談をセッティングしたのもここだった。

「しつこくつきまとわれて困っているんですよ」

と社内のカフェテリアで、僕は桑原に訴えた。

「なんか、僕が西野冴子をけしかけて、あの事件を起こしたと思っているみたいなんです」

泉堂莉菜がそう思っているのかどうかは分からない。本当は僕が思っているのだ。梶夏子が僕に要求した、あの三つの悪戯がなかったら、もしかしたら西野冴子はあんな事件を起こさなかったかもしれないと。

「いい迷惑ですよ、こっちは。まあ本音を言えば、西野冴子の本の在庫が捌《は》けて、それだけは良かったと言えるけど。担当した作家が罪を犯して、こうして痛くもない腹を探られるんだから」

「じゃあ、私もその痛くない腹を探っている輩の一人ということになりますね」

そう桑原は笑いながら言った。僕は思わず黙った。

「泉堂莉菜には手痛くやられたことがありましてね。反撃するチャンスを窺っていたんです。彼女は世間が思っている以上に、とんでもない女ですよ」

「――そうなんですか？」

「ええ。彼女は『作家 西野冴子の真実』を書いてベストセラー作家の仲間入りをしました。西野冴子も、殺された被害者も、泉堂莉菜の野望の犠牲になったと言っても過言じゃないでしょう」

「泉堂莉菜が西野冴子に殺人を犯すように仕向けたと？」

僕は冗談半分にそう言った。確かにそう主張する人間は少なからずいた。西野冴子が起こした事件でもっとも得をしたのが彼女であること、事件前に二人に面識があること――僕がセッティングした会談のことだ――がその理由だ。ただ、本が売れた嫉妬もあるだろうから割り引いて考える必要があるし、僕も信じていない。

何故なら、僕は知っているのだ。西野冴子に事件を起こさせたのは、泉堂莉菜ではなく、梶夏子であると。

「泉堂莉菜がしつこく取材を申し込んできて、辟易しているようですね」

「ええ。まあ、しつこくっていうか、メールが一通来ただけですけど」

桑原は頷いた。

「もう来ないか、あるいはあと数回来るか――いずれにせよ、多分、パフォーマンスだと思いますよ」

「パフォーマンス？」

「はい。自分はあくまでも、西野冴子が起こした事件を取材する人間、ということをアピールするために、わざと取材を申し込んでいるんだと思います」

「じゃあ、やはり泉堂莉菜が、今回の一件にからんでいると仰る？」

桑原は頷いた。

「本を売るために、西野冴子を焚きつけて、事件を起こさせたと?」

「早い話が、そうです」

「——まあ、そう言っている人は多いですけどね」

僕は軽く受け流すように言った。泉堂莉菜をバッシングするのは賛成だが、やるからには確実な情報に基づかなければ意味がない。わざわざ会って話を聞いたが、彼も月並みな意見を吐くんだな、と失望すら感じた。

「私は泉堂莉菜のことを、かなり深く突っ込んで調べてみましたよ。いろいろ興味深いことが分かりましたよ。大学時代、彼女はMの女と呼ばれていたらしいんです。メタモルフォーゼのMです」

「そりゃ、やけに神秘的なニックネームですね」

「はい。泉堂莉菜は変装の名人でした。一日中別人の格好をして構内をうろついていても、誰にも気付かれなかったこともあったようです」

変装、その言葉が、僕の記憶のどこかを刺激した。でもそれが何なのかは、すぐには分からなかった。

「でも、どうしてそんなことを?」

「ほら、彼女は新村事件の犯人の孫として有名でしょう。マスコミから逃げ隠れすることもあったんじゃありませんか？　ジャーナリストになってからは、情報提供者と密会することもあったでしょうし」

「なるほど。でもそれが今回の一件と、どう関係が？」

「実は」

と桑原は心持ち声をひそめて、身を乗り出すように言った。

「泉堂莉菜が『作家　西野冴子の真実』を出版する以前に、変装して西野冴子の知人に会ったふしがありましてね。もちろん彼らははっきり言いませんが」

「――誰です？」

「具体的にはもちろんお教えできませんが、西野冴子にファンレターを送った女性と、西野冴子の親族――とだけ言っておきましょう。西野冴子があんな事件を起こしたのは、その二人に唆《そそのか》されたからだと私は見ています。ただ二人にそんなことをする動機はない。必ず黒幕がいるはずだ」

「その黒幕が、泉堂莉菜だと？」

桑原は頷く。

「二人は彼女が泉堂莉菜だとは気付かなかったかもしれません。メタモルフォーゼの女ですから。ただ、泉堂莉菜が陰で糸を引いていると考えれば、すべてに説明がつくんです」

僕は思った、桑原はフリーランスのライターだ。たとえ具体的に教えないと言っても、こうして取材で得た情報を第三者に明かすだろうか。

桑原は知っているのだろうか。僕も西野冴子を唆した一人であることを。だから、あえて他の二人の存在を僕に教えたのだろうか。

でも違う。僕は梶夏子に言われるままに、西野冴子にスズキタケルの情報を与えたのだ。決して、泉堂莉菜ではなく――。

その瞬間、桑原の言った変装という言葉が、僕の記憶のどこをくすぐったのか、はっきりと理解した。

そうだ。本当の梶夏子は死んでいるのだ。あの女は梶夏子に化けて、僕の目の前に姿を現したのだ。

もし、彼女が泉堂莉菜だったら？

その時だった。

僕の視線の片隅で、ベリーショートの女性が男と談笑しながら歩いていた。

息を呑んだ。

そこにいるのは泉堂莉菜、その人だったのだ。男の方は社員で、泉堂莉菜の担当編集者だ。ここで西野冴子との会談をした際、彼も同席した。

僕の視線に気付いたのか、桑原もそちらを見た。そして、やはり彼も驚いたようだった。僕は気付かなかったふりをしようと思ったが、遅かった。

「あら？」

そう言って、僕らの視線に引き寄せられるように、彼女がこちらに近づいてきた。

「先日はインタビューを受けていただき、どうもありがとうございました」

泉堂莉菜は僕に向かって、恭しく頭を下げた。それから桑原に向き直って、

「桑原さんも取材ですか？」

と訊いた。ええ、まあ、などと桑原は答えた。同じ仕事をしている者同士、二人は顔見知りのようだった。

桑原は突然の泉堂莉菜の出現に、苦々しさを隠せない様子だったが、開き直ったように、こう言った。

「お忙しいですか？　ちょっとお話ししたいことがあるんですが」

泉堂莉菜は一瞬、不思議そうな顔をしたが、

「ええ、構いませんよ」

と僕らのテーブルの上にバッグを置いた。

「それでは、私は」

「はい。今日はありがとうございました。またご連絡します」

泉堂莉菜の担当は、僕らにも軽く会釈をして、その場を後にした。そのタイミングに合わせて、僕もゆっくりと立ち上がろうとした。

「じゃあ、私もこれで」

「あ、一緒にいてくれませんか？」

「え？」

僕は思わず腰を浮かせたまま静止して、彼女を見た。

「だって、男性と二人っきりなんて――ねえ？」

泉堂莉菜は冗談のつもりで言ったのだろうが、何にも面白くなかった。僕は桑原と顔を見合わせた。

「そうですね。第三者がいてくれた方が、証人になってくれるかもしれないし」

と桑原も言った。正直、他の仕事を口実に断っても良かった。ただ今この場を後にしたら、あのメールの返事を出さないことを後ろめたく思っている、と白状するようなものだと思い、もう一度座り直した。それに二人が何を話すのか、単純に興味もあった。

「今日は、こちらで打ち合わせですか？」

と桑原が泉堂莉菜に訊いた。

「ええ。お受けするかどうかはまだ分かりませんが」

「さすがベストセラー作家は違いますね。仕事を選べる立場だ。羨ましい」

端から見ると談笑しているだけのようだが、ライバル同士のピリピリとした空気を感じて、正直居心地は良くなかった。

でも泉堂莉菜の、僕にいて欲しいという気持ちは分からなくもなかった。僕がいなかったら、彼らはここで言い争いを始めてしまうかもしれない。

「で、話ってなんです？」

「あなたが西野冴子をけしかけて、あんな事件を起こさせたんじゃないか、という噂が立っていましてね。今日はそのことで、こちらと話をしていたんですよ」

桑原は僕を見やった。単刀直入なのは結構だけど、僕を巻き込まないで欲しい、というのが正直な気持ちだった。

「そう思うんですか？」

泉堂莉菜も僕を見た。僕は、いや、私は、その、などとみっともなく口をもごもごさせることしかできなかった。

「そう思われても無理はないですね。あの事件で、あなたは仕事のパートナーの西野冴子を失ってしまったんだから。私があることないこと言われるのは仕方がないです。桑原さん、話はそれだけですか?」

泉堂莉菜からは、嫉妬も偏見も受け入れるというベストセラー作家の矜持のようなものが窺い知れた。だから桑原のようなマスコミも相手にしてやっているのだ、とその勝ち誇ったような表情が物語っていた。

「いえ、まだ終わっていません。もし世間の噂通り、あなたが西野冴子をけしかけたとしたら、何故そんなことをしたのだろう、と私はずっと疑問でした。しかし、あることを思い出し、すべての謎は氷解したんです」

「何を思い出されたんですか?」

「泉堂さん。あなた、立石アキさんを覚えていらっしゃいますか?」

初めて聞く名前だった。しかし、二人にとっては特別な名前であることは容易に想像がついた。泉堂莉菜が勝ち誇った微笑みの表情を浮かべたまま、凍りついたからだ。

しかしそれも一瞬のことだった。彼女はすぐに気を取り直したように、

「アキがどうしたんです?」

と桑原に訊いた。

「そうやってファーストネームで呼ぶくらいだ。かなり親密な関係だったんでしょう。アキさんが週刊標榜にあなたのスキャンダルを持ち込んだ。結果としてガセネタをつかまされま

したが、それはもうどうでもいいんです。あなたを取り上げたネット番組のこと、覚えていますよね？　同じ日に、あの収録を行ったホテルで、日本推理作家協会のパーティーが行われていたんですよ。西野冴子はそういう集まりには必ず出席していました。その時、あなたは西野冴子と何らかの接点を持ったんじゃないですか？」

「何らかの接点って？」

桑原の言っていることは真実だ、と思った。泉堂莉菜の真剣な表情が、それを物語っていた。同時に、泉堂莉菜ほどの女なら、どうにでも誤魔化せるだろうにと思う。以前から西野冴子を知っていたことは、いつかはバレることだと腹を括っていたのかもしれない。

「それは分かりません。でもあなたと立石アキは特別な間柄だ。そして西野冴子は感情的になると人を怒鳴りつける性格です。その時、何かあったことは想像に難くありません」

泉堂莉菜は小さく笑った。

「そんな曖昧なことで記事になるんですか？」

「今はまだ分かりません。でも取材は進めるつもりです。あなたを追うことが、現時点での私のライフワークですから」

「頼もしいわね」

暫く無言で二人は見つめ合った。お互いを敵視する眼差しであることは容易に分かった。

「立石アキさんは、六十年前の府中放火殺人事件で死刑宣告を受けた、立石豪の孫ですね。一方あなたは、新村事件の犯人と見なされて獄中死した泉堂哲也の孫だ。取材か何かで知り合ったんでしょうけど、特別な関係だったのは想像に難くないです。何しろ、お互いをカインの子供と呼び合っていたぐらいなんだから」

一瞬、何のことだと思ったが、旧約聖書のカインとアベルのことだとすぐに気付く。カイン——弟のアベルを殺した、人類最初の殺人犯。

「どこでそのことを？」

桑原は不敵に笑い、立ち上がった。

「事態を把握しているのは、あなただけじゃないってことですよ。それでは私はこれで失礼します。お二人にはいろいろ話すことがおありでしょうから」

あのメールのことを言っているのだ。桑原は僕に本日はありがとうございました、と会釈をしてカフェテリアから出て行った。

僕は去っていく桑原の後ろ姿を恨めしく見やった。僕が彼女を恐れているのを知っていて、ここに置き去りにしたのだ。もちろん、僕も仕事があるからと席を立てばいいだけの話だった。だが、それがすぐにできない理由があった。

カフェテリアの壁は一面ガラス張りで、オフィス街の夜景を映し出している。僕は泉堂莉菜の顔を、そっと窺った。別人だ。別人のように思う。しかし桑原は言った。彼女はメタモルフォーゼの女だと。ましてや梶夏子は長い髪に少女趣味のロングスカートという、やや野暮ったい格好だ。今の泉堂莉菜とは正反対だから、変装し易いのではないか。

「そんなに私の顔が珍しいですか？」

と泉堂莉菜が微笑んで言った。僕は慌てて視線を逸らした。

「いえ――ただ桑原さんに、あなたが学生時代変装の名人だった、と教えられたもので」

それが、僕の精一杯の、彼女に対する疑惑の表明だった。

何か皮肉めいた返事をしてくるかと思ったが、彼女は黙っていた。何かを考え込んでいるようだった。それが立石アキという女がらみのことなのは間違いないように思えた。

何故、メールのことを訊いてこないのだろう。やはりあのメールは、パフォーマンスであって何の意味もなかったのだろうか。ということはつまり、彼女は――。

「メールの返事、差し上げなくて、申し訳ありませんでした」

すると、えっ、と言って泉堂莉菜は僕の方を見た。間違いない。桑原の言った通りだ。彼女にとっては、あんな質問、どうでも良かったのだ。

「私も記憶が曖昧だったので、お答えできなかったんです」

泉堂莉菜は微笑んだ。

「いえ、大丈夫です。そんなことより、桑原とは良く会っているんですか?」

彼を呼び捨てたことが、二人の間にあるであろう確執を想像させた。

「いえ、今日が初めてです。西野冴子の担当だったから、話を聞きたいって——」

「私のところには取材に来ないのね。私も西野冴子に恨まれている者の一人なのに——」

一人つぶやくように彼女は言った。その言葉で、僕はもう一つの不安要素を思い出した。

西野冴子はいずれ出所する。その時復讐されるのはもちろん僕だ。そして今回の一件で一番利益を得た泉堂莉菜も。

「西野冴子は冤罪を主張しています。私、その冤罪を証明する方向で動こうかと思っていたんです。そうすれば、私に感謝こそすれ、恨んだりしないでしょうから」

「——冤罪を証明なんてできるんですか?」

僕は彼女が冤罪だなんて、夢にも思っていなかった。怒鳴り声をあげる彼女の姿が、凶悪犯罪者というイメージにぴったり重なったからだ。それが偏見と言われたら、その通りなのだろう。

「そんなもの、世論を味方につければ、どうにでもなります」

と泉堂莉菜は言った。

その時、僕は思った。

彼女は梶夏子に成りすまして、西野冴子をけしかけて殺人を犯させたとばかり思っていた。でもそうでなかったとしたら？

タケルを殺したのは彼女だったとしたら。

そして本当の梶夏子も。

泉堂莉菜はバッグから携帯電話を出した。何をするのかと思ったら、どこかに電話をかけていた。普通、人と話している時に電話なんかしない。どうしてもしなければならないのなら、相手に断るなり、謝るなりするはずだ。それもない。

つまり、僕に話を聞かせるため――。

どこに電話をしているのか、何を話すのか、僕は呆然と彼女を見つめていた。

「――私よ。白石唯」

聞いたことのない名前だ。泉堂莉菜はペンネームなのだろうか。いや違う。さっき桑原が言っていたではないか。彼女は泉堂哲也の孫だと。では白石唯という名前は一体――。

そう言えば『作家　西野冴子の真実』の中に、そういう名前の関係者がいた。僕の前では、梶夏子に成りすましていたように、電話の相手には白石唯で通しているのだろうか。

「――桑原銀次郎って知ってる？　取材に来た？　そう、もうあなたのことを嗅ぎつけたのね。なら話は早いわ。あの時みたいに西野冴子にファンレターを送って欲しいの。大丈夫、手紙は届くわ。検閲されるでしょうけど、事件と直接かかわりあいのないことだから大丈夫。いい？　その手紙にこう書くのよ。最初のファンレターは桑原銀次郎に脅されて書いたって。そうすればすべて丸く収まるわ。うん、そう――良心の呵責《かしやく》に耐えきれないから告白するって――」

暫く話した後、彼女は電話を切り、そしてまた別の相手にかけ始めた。

「あなたの従姉の西野冴子に、ちょっと伝えて欲しいことがあるのよ。そうね。面会なんかどうだろう。あなたは親族だから問題なく認められるでしょう。そう――ホテルのロビーで彼女に相談したことよ。タケルの写真を持ち出したのは、桑原銀次郎に言われたって。うん――桑原は普段からあなたの従姉のスキャンダルを追っていたのよ。だから、事件が起こった。え？　そんなことやりたくない？　いいの？　私とのことを奥さんにバラすわよ」

その口調は、まるで別人だった。電話で声だけ聞いたら、決して泉堂莉菜だとは気付かないだろう。

Mの女だ、と僕は思った。

「さてと――」

泉堂莉菜は電話を切って、そう言った。

「私はどうしましょう。桑原と結婚するのもいいかもしれない。あいつは今独身のはずだから。それから私が浮気をして離婚する。慰謝料で『作家　西野冴子の真実』の印税のほとんどは桑原の元に行くわ。西野冴子の事件で一番得をしたのは、桑原ということになる」

泉堂莉菜はつぶやくように言った。電話と同じで、僕に聞かせているのは明白だった。

「彼と結婚だなんて、冗談でしょう？」

「さあ、どうでしょうね。もともと西野冴子に復讐することが目的で、お金目当てじゃなかったし、とにかく、時間の猶予はまだ何年もあるわ。あなたはどうしたらいいと思う？」

泉堂莉菜は僕に意見を求めてきた。僕に対する口調も変わっていることに、この時、気付いた。彼女に協力する以外に道はないことを知った。間違いなく西野冴子は出所後、僕に復讐してくるだろう。それを回避するには、泉堂莉菜の側につくしかない。

梶夏子か。

それとも白石唯か。

誰でもいい。とにかく彼女はメタモルフォーゼの女なのだから。

黙っている僕をあざ笑うかのように、彼女の喉笛から今後の計画があふれ出る。

「桑原は、私をバッシングする記事を出そうとしている。つまり西野冴子の味方。桑原に西野冴子を裏切らせたら、彼女の恨みは全部桑原に向かうわ。味方に土壇場で裏切られたら、恨みは計り知れないから」

その理屈は分かるのだ。しかし――。

「桑原は西野冴子を裏切らないでしょう」

「本当に裏切らせる必要なんてない。そう思わせればいいだけ。たとえば、桑原が今後書くであろう私への中傷記事は、実は私が裏で糸を引いていたっていう筋書きはどう？」

「そんな、自分で自分をバッシングさせるなんて、あまりにも荒唐無稽な――」

「分かってないのね。そういう例はいくらでもある。たとえば私は週刊クレールと主に仕事をしている。リベラルの週刊クレールと保守の週刊標榜は犬猿の仲。でもだからといって、ヤクザみたいに拳銃を持って、お互いの編集部に撃ち込みに行くなんて事態にはならないでしょう？」

「――当たり前じゃないですか」

「クレールと標榜は編集長同士、定期的に会食をしているくらいよ。世間は二誌がお互い憎しみ合って、足の引っ張りあいをしていると思っている。そう思わせた方が、雑誌の売り上げが伸びるのは紛れもない事実。誰だって他人の喧嘩は大好きだもの。週刊誌を買うような読者層は、特に」

「だからあなたと桑原も、裏では協力して、争っているふりをしていると？」

「桑原が私を批判すればするほど、宣伝になって私の本が売れるもの。重要なのはね、西野冴子にそう思わせるってこと」

　そして泉堂莉菜は、身を乗り出して、僕に言った。

「そのために、あなたにもやって欲しいことがある。それは――」

エピローグ――十五年後

東都新聞ネット版速報記事より。

『出版社に刃物持ち込み凶行』

本日未明、港区の週刊標榜編集部に刃物を振りかざした女が現れ、部内にいた男性を刺して逮捕された。

女は西野冴子(47)。一週間前まで殺人の罪で府中刑務所に収監され、出所したばかりだったという。西野冴子は収監中、何度か週刊標榜の取材を受けており、その際のトラブルを逆恨みして、今回の犯行に及んだと見られている。

刺されたのはフリーランスのジャーナリスト桑原銀次郎氏。命に別状はなかったが、全治一ヶ月の重症を負い「なんで俺ばっかりがこんな目に」と話しているという。

本書は電子書籍として刊行されたものに書き下ろし作品「第四話　十五年目の復讐」を加えた文庫オリジナルです。

初出
『メタモルフォーゼの女　スミレ色の手紙』二〇一六年一〇月七日
『メタモルフォーゼの女2　生まれなかった子供たち』二〇一七年四月一四日
『メタモルフォーゼの女3　月の裏文明委員会』二〇一七年一〇月一三日

幻冬舎文庫

●好評既刊
浦賀和宏
彼女は存在しない

何者かに恋人を殺された香奈子。妹の異常行動を目撃した根本。次々と起こる凄惨な事件によって引き合わされた見知らぬ二人。ミステリ界注目の、若き天才・浦賀和宏が到達した衝撃の新領域！

●好評既刊
浦賀和宏
彼女の血が溶けてゆく

ライター・銀次郎は、元妻・聡美が引き起こした医療ミス事件の真相を探ることとなる。患者の死因を探るうちに次々と明かされる、驚きの真実と張り巡らされた罠。ノンストップ・ミステリー！

●好評既刊
浦賀和宏
彼女のため生まれた

ライターの銀次郎の母親が殺された。自殺した犯人の遺書には、高校の頃、銀次郎が暴行を働き自殺した女生徒の恨みを晴らすためと書かれていた。銀次郎は身に覚えのない汚名を晴らせるのか。

●好評既刊
浦賀和宏
彼女の倖せを祈れない

ライターの銀次郎の同業者、青葉が殺された。青葉が特ダネを追っていたことを知った銀次郎はそのネタを探り始めるのだが——。読み終わると、体と心が震えること確実のエンタメミステリ！

●好評既刊
浦賀和宏
彼女が灰になる日まで

昏睡状態から目覚めたライターの銀次郎。謎の男に「この病院で目覚めた人は自殺する」と告げられ、調査に乗り出すが。人間の憎悪と思惑が事件を左右する、一気読みミステリー。

幻冬舎文庫

●最新刊
ある女の証明
まさきとしか

主婦の芳美は、新宿で一柳貴和子に再会する。中学時代、憧れの男子を奪われた芳美だったが、今は不幸そうな彼女を前に自分の勝利を噛み締めた——。二十年後、盗み見た夫の携帯に貴和子の写真が。

●最新刊
財務捜査官 岸一真
マモンの審判
宮城 啓

フリーのコンサルタント・岸一真が、知人を介して依頼された仕事は、史上稀に見る巨額マネーロンダリング事件の捜査だった——。期待の新鋭が放つ興奮の金融ミステリ。ニューヒーロー誕生！

●最新刊
ウツボカズラの甘い息
柚月裕子

鎌倉で起きた殺人事件の容疑者として逮捕された主婦の高村文絵。無実を訴えるが、鍵を握る女性は姿を消していて——。全ては文絵の虚言か、悪女の企みか？ 戦慄の犯罪小説。

●幻冬舎アウトロー文庫
激しき雪
最後の国士・野村秋介
山平重樹

新右翼のリーダーで、三島由紀夫と並び称される憂国の士の苛烈な生涯——少年期から朝日新聞社での拳銃自決までを晩年最も身近にいた作家が没後23年にして描き切った衝撃のノンフィクション。

●好評既刊
キングダム
新野剛志

岸川昇は失業中。偶然再会した中学の同級生、真嶋は「武蔵野連合」のナンバー2になっていた。闇金ビジネスで荒稼ぎし、女と豪遊、暴力団にも牙を剝く……。欲望の王国に君臨する真嶋は何者か！

十五年目《じゅうごねんめ》の復讐《ふくしゅう》

浦賀和宏《うらがかずひろ》

平成30年10月10日　初版発行
令和4年11月15日　4版発行

発行人――石原正康
編集人――高部真人
発行所――株式会社幻冬舎
〒151-0051東京都渋谷区千駄ヶ谷4-9-7
電話　03(5411)6222(営業)
　　　03(5411)6211(編集)
公式HP　https://www.gentosha.co.jp/
印刷・製本―図書印刷株式会社
装丁者――高橋雅之

幻冬舎文庫

ISBN978-4-344-42789-1　C0193　う-5-12